义忆

Your Story

[日] 三秋缒 著

Sugaru Miaki

林枫 译

新星出版社

NEW STAR PRESS

义忆

Your Story

[日]三秋缒 著

Sugaru Miaki

林枫 译

新星出版社 NEW STAR PRESS

一 义忆

君の話

我们的情人不过是随便借个名字，用幻想吹出来的肥皂泡！
把信拿去吧，你可以假戏真做。

——埃德蒙·罗斯丹《大鼻子情圣》

注：引文来自法国剧作家埃德蒙·罗斯丹的《大鼻子情圣》。原作者使用了日本法国文学研究家渡边守章的翻译版本，为减少理解上的失真，此句选取了王文融的中文翻译版本。

目 录

contents

01

Green Green

グリーングリーン

我有一个素未谋面的发小。我没见过她的长相，没听过她的声音，也没碰过她的身体。然而，我非常清楚她的面容有多么可爱，非常清楚她的嗓音有多么娇柔，非常清楚她的掌心有多么温暖。

她不存在于现实。更准确地说，她只存在于我的记忆中。听上去我好似在谈一位故人，但事实是，她从一开始就不存在。

夏凪[1]灯花，这个女孩只为我而生。

义者，即义忆中的人。简单直白地说，就是架空人物。

我的父母对虚构世界有着无上的热爱，或者说，他们对现实世界有着无比的憎恶。比起去旅行，他们更愿意购买去过旅行的义忆；比起开派对，他们更愿意购买开过派对的义忆；比起办婚礼，他们更愿意购买办过婚礼的义忆。而我，则被这样的父母养大。

实在是个扭曲的家庭。

父亲常会叫错母亲的名字，光我亲耳听到的，就有五种不同的错法。已有家室的他买过好多次“蜜月”，拥有着众多前妻义者——从能当他母亲的年纪到能当他女儿的年纪，大约以十岁年龄差为一档。

母亲则从未叫错父亲的名字，但取而代之的是，她常会叫错我的名字。我明明是独生子，母亲却似乎一共“拥有”四个孩子。除了我之外，她还有从“天使”那里获得的三个儿童义者。这三人的名字都有共通点，但我和他们却没有。

假如我也叫错父亲的名字，那么我们一家就能形成一个完美的循环了——但很可惜，少年时代的我没有任何义忆。父母完全没有操作

---

1 注：“凪（zhǐ）”为和制汉字，原意为“风平浪静”。在本书中，该字只用作人名出现。

过我的记忆，倒并不是因为他们不舍得给孩子买义忆。尽管我家缺陷够多，但并不缺钱。不买，单纯源于他们的教育方针罢了。

有种尽人皆知的说法是，在人格形成期为孩子铭印一些关于无偿的爱或成功体验的义忆，能给孩子的情感发展带来令人满意的影响。有些时候，它们的影响甚至超过了真正的无偿的爱或成功体验。毕竟比起充满干扰的实际经历，配合每个人的个性并适当做出调整的模拟记忆，能够更直接地推动人格的形成。

我的父母不会不知道这种效果。然而，他们从没打算为我购买义忆。

“义忆这种东西就跟义肢、义眼一样，终归是为了填补缺漏。”有一次，父亲这么跟我说，“等你长大成人，明白自己缺了什么，到时想买哪款义忆就买哪款好了。”

他们似乎盲信着义忆制造商或诊所在拥护记忆改造技术时的老套说辞，而那些调调只是体面的借口，用以缓和人们通过义忆捏造过去时产生的内疚罢了。我倒是不太能想象，要是没有那五位前妻义者，父亲具体会有哪些弥补不了的缺陷。

活在架空过去的两人一直回避着与家人的现实关联。最低限度的交流，彼此错开的就餐时间，每天早出晚归，休息日则一声不吭独自远行。他们似乎认定了此处的自己并非真正的自己，抑或是，他们不这么认为就活不下去了。而当他们不在家的时候，自不用说，我就成了没人管的孩子。

他们若是无法尽到父母的职责，还不如干脆把孩子也浸泡在义忆里算了——少年时代的我总会这么想。

既不知真爱，也不知假爱为何物便长大成人的我，最终成了一个完全不懂得如何去爱，也不懂得如何接受爱的家伙。我很难想象自己被他人接纳的状态，便从一开始就放弃了沟通。我老有种毫无根据的预感，纵使有幸获得了某个人的关心，总有一天对方也会对我失望。

因此往往在那之前，我会先把对方推开。拜其所赐，我的青春时代是在极度的孤独中度过的。

十五岁的时候，父母离婚了。他们辩解说这是很早以前的决定，但我脑中只有“然而那又怎样呢”这一个念头。难道他们觉得，深思熟虑后的决定就能减轻罪过吗？比起激情杀人，谋杀的罪过明明更重才对啊。

经过一番相互推诿，监护权落到了父亲手里。那之后，我在一次旅行中与母亲偶遇，她却像完全看不见我似的与我擦身而过。据我所知，母亲并不是个活络到能使出这种把戏的人，恐怕她是用“忘川”[1]完全抹去了和家人有关的记忆吧。

对现在的她来说，我不过是个陌生人。

我在惊讶之余，竟也心生佩服，能选择这么一种与过去一刀两断的活法，着实令人羡慕。我觉得自己也得学习学习。

这是发生在我十九岁过半时的事。

我关上屋里的灯，喝着便宜的酒，在不经意间回顾起人生过往时才发现——这十九年来，自己连一段像样的回忆都没有。

那是一段完全灰色的岁月。幼儿园、小学、初中、高中、大学……没有浓淡，没有明暗，没有强弱，单调的灰色一直覆盖到地平线的尽头，甚至瞧不见那遗憾青春中泛起的淡淡酸楚。

懂了，所以这类内心空洞的人才会去依赖虚假的回忆啊。我发自肺腑地理解了这种现象。

然而，我还是提不起劲去买义忆。大约是对遍布谎言的家庭萌生了逆反心理吧，我开始厌恶以义忆为首的一切虚构事物。无论人生有多么乏味，也远比充满虚饰要好得多。无论故事有多么精彩，但凡是

1 注：希腊神话里的阴间河流，灵魂喝了忘川水就会忘记生前的事情。

编出来的，在我眼中就一文不值。

虽然我并不需要义忆，但操作记忆这主意本身倒是不坏。从那天起，我便开始埋头打工。尽管能从父亲那里得到足够的生活费，但在这个问题上，我想尽可能自力更生。

目的是购买“忘川”。

我想，既然自己的人生空无一物，不如全部忘掉好了。

本该绿草如茵的空间里却一片荒芜，所以人才会感到异常空虚。那么要是把空间整个抹去，这种空虚是不是也会跟着一起烟消云散，一去不复返呢?

“空洞”，是不会脱离容器单独存在的。

我想接近完全为“零”的状态。

四个月后，钱攒够了。我从银行账户里取出打工的收入，直接赶赴诊所，为制作“简历”而接受了长达半天的咨询，最后筋疲力尽地回了家。我自斟自饮，自我庆祝，生来第一次有了完成某个目标的成就感。

接受咨询时，我服下脱抑制剂进入了催眠状态，因此丝毫不记得自己说了些什么。而离开诊所一人独处后，我的心中涌起一种“说太多了”的后悔，多半是因为吐露了一些自觉丢脸的愿望吧。

虽然印象模糊，但我还是有这种感觉。纵使大脑已不记得，身体的某处却还留有记忆。

一般得持续数日的咨询仅花了半天，肯定是因为我的过去太空洞了吧。

一个月后，装着“忘川”的包裹送到了。我曾多次旁观父母服用记忆改造纳米机器人，所以没必要看说明书。我将纸袋里粉末状的纳米机器人溶进水中，一口气喝了个干净，然后倒在地板上，等待它们将那段灰色的岁月染成一片雪白。

这下就能忘记一切了，我这么想着。

当然，事实上纳米机器人不可能抹去所有的记忆。日常生活所必需的记忆都会被保留下来，而会受“忘川”影响的原本就只有情节记忆[1]。哪怕归属同一段陈述性记忆[2]，语义记忆[3]也不会遭到影响。而程序性记忆[4]则会原封不动地得以留存。这是改造记忆的纳米机器人具有的共通特征，因此植入记忆时会有同样的限制。这也是速成型的全知全能义忆——“谟涅摩绪涅”[5]的开发会困难重重的原因。“忘川”不会令人忘却知识或技能，人失去的只有回忆。

我将六岁到十五岁的记忆全部列为消除对象。据说一般人都会指定好对象，要求消除“关于某某的记忆”，像我这样选择将一定时期内的记忆完全消除的委托者是很罕见的。这也是理所当然的，毕竟他们的目的是去除人生中的苦恼，而非抹消人生本身。

我望了望桌上的钟。怎么都过去那么久了，身上还没出现丧失记忆的征兆？按道理说，纳米机器人会在五分钟内进入脑中，三十分钟后就能抹去记忆了，可一个多小时过去，我依旧没发现少年时代的记忆有什么变化。我记得七岁时差点在游泳课上淹死，记得十一岁时患肺炎住了一个月的院，还记得十四岁时遭遇事故，膝盖缝了三针。母亲那些架空女儿的名字，父亲那些架空前妻的名字，我也能一个不漏地回想起来。我越来越不安，莫非是买到假货了？不，说不定抹去记忆就是这么回事。人在完全失去某段记忆时，可能都意识不到它已经消失了。

---

1 注：指源自经历的自述式记忆，这种记忆的唤醒与特定时间、地点和感情相关。

2 注：指对事实和事件的记忆，关于“是什么”的记忆，分为情节记忆和语义记忆两种。

3 注：指人们对一般知识和规律的记忆。

4 注：与陈述性记忆相对，指关于“如何做”的记忆。

5 注：希腊神话中的记忆女神。

就在我自说自话设法打消不安的当口，我察觉自己的过去之中混入了某种异物。

我慌忙坐起身，翻出塞在废纸篓里的包裹，打开了说明书。

我祈祷事情不要像自己所预料的那样发生，可还是事与愿违。

似乎是哪里出了差错，送到我手上的不是“忘川”，而是主要用于消解青春情结，为使用者提供架空青春记忆的纳米机器人。

“Green Green”。

灰色被染成了绿色，而非白色。

倒也不是不能理解诊所为何会把两者弄错。“我的青春时代没有任何美好回忆，所以我想全部忘掉。”面对我的需求，咨询师或许只听了前半句就贸然下了结论吧。

一般来说，咨询师确实会这么做。假如没有美好回忆，那就去获得美好回忆，这种想法十分自然。我没有着重叮嘱，也算负有一定责任。而最致命的是，在文件上签字时我没有好好检查一下内容。

这个差错，无意间将我跟自己最看不起的那群人划到了一起。

我不禁认为这一切都是宿命的安排。

向诊所告知货不对板以后，对方立刻打来了道歉的电话，半个月后，我收到了两份“忘川”。一份用于消除少年时代的记忆，另一份则用于消除和“夏凪灯花”这个架空人物相关的模拟记忆。

然而我哪份都不想服用，在维持着未拆封的状态下便将它们塞进了柜子深处，甚至看都不想看到它们。

太可怕了。

那种感觉，我再也不想体验第二遍。

说实话，知道喝下的不是“忘川”而是“Green Green”时，我内心松了口气。

我终于明白，为什么和其他纳米机器人相比，只有“忘川”的回头客极为稀少了。

就这样，我的脑中被刻入了架空青春记忆，不过，它的模样却稍稍有点片面。“Green Green”提供的义忆理应面面俱到地包含着青春的各种侧面，像是与朋友度过的快乐时光，或是和同伴一起战胜困难的经历等。可不知为何，我的义忆片段却集中在一名发小身上。

诊所职员会用程序分析咨询所得的信息并系统地整理出一份文档，通称“简历”——义忆就是基于它制成的。换言之，制作义忆的义忆技师需要先浏览我的“简历”，再来判断我大概需要怎样的过去。

我多少能理解登场人物为什么会精简到一个。对于我这种既没得到过家人的关怀，青春时代又孤独到没交过朋友、没谈过恋爱的缺陷人士，义忆技师大概觉得给我一个兼具家人、友人、恋人作用的对象是最为有效的吧。将职责集中到一人身上，不仅能省去制作多个登场人物的工夫，而且还能将余出的精力用于对这个角色的深挖。

事实上，夏凪灯花对我来说颇为理想，方方面面都符合我的喜好，总之就是个极致的女孩。每次思慕起她，我都忍不住会想，啊，如果真有这么一个发小，我的青春时代该有多么的美妙呀。

也正因如此，我对这款义忆十分不满。

自己脑中最美好的记忆居然是他人编造出来的——这也太空虚了，不是吗？

*

“差不多该醒醒了吧？”她说。

“还早啦。”我闭着眼睛回答道。

“再不起来，我要捉弄你咯。”她在我耳边轻声说。

“随便你。”说着，我翻了个身。

“怎么捉弄好呢？”她咯咯地笑起来。

“回头我照单奉还。”我也笑了。

“这位客人。”她略显客气地说。

“灯花也来这里躺着啦。”我邀请道。

“这位客人。”

我醒了。

“您没事吧？”

循着声音的方向望去，只见一个穿浴衣风格制服的女店员正弯腰盯着我。用对不上焦的眼睛环视了一下四周，过了一会儿我才想起来这里是小酒馆，自己似乎喝着喝着就睡着了。

“您没事吧？”女店员再次询问。像是梦境被她窥见了一般，我多少有些难为情。

“能给我一杯水吗？”我故作平静，女店员听罢便微笑着点点头，走去拿水壶了。

我看了一眼手表，大概是下午三点开始喝的，而现在已经六点了。

一口气喝干店员倒来的水后，我付账离开了小酒馆。刚走到室外，一股黏糊潮湿的热气便缠遍了全身。想起屋里那坏了的空调，我心头顿时一沉。现在，那里应该跟半个桑拿房差不多吧。

商业街人满为患。几个女孩叽叽喳喳地从我面前走过，她们穿着正宗的浴衣，而不是刚才店员身上那种制服式的仿造品。不知从哪里飘来了一股混着酱汁焦味和烤肉香味的白烟，刺激着我的鼻腔。人们的话语声、小吃摊的叫卖声、人行横道信号灯的引导声、发电机低沉的机械声、远处传来的笛声和如同大地震动的太鼓声，所有声音交织在一起，震颤着整个城镇。

八月一日，今天有夏季庙会。

我只觉得，这是个于己无关的活动。

逆着前往会场的人流，我向自己的公寓走去。太阳渐沉，人流渐密，我感觉自己稍不留神就要被挤回去。与我擦身而过的路人们那汗津津的脸在西斜的太阳下闪着淡淡的橙色。

我走进神社，指望抄个近道，结果失策了。冲着参道[1]旁小吃摊而来的人们和到此休憩的人们把神社内堵得水泄不通。在人潮中你推我搡的时候，胸前口袋里的香烟被挤得支离破碎，衬衫也蹭到了酱汁，脚趾尖还被木屐踩到了。我甚至无法自主决定前进方向，于是只好放弃挣扎，随波逐流，等待自然而然漂到外面的那一刻。

好不容易离开院落，就在我顺着通往出口的石阶，开始往下走的时候——不经意间，我听到了一个声音。

“我说，要接个吻试试吗？”

我很清楚，这是“Green Green”干的好事。不过是由夏季庙会引起的联想而导致幻听罢了，估计在小酒馆里做的梦还拖着个尾巴。

我开始思考别的事情，试图转移注意力。可联想一旦起步，你越是叫停，它就跑得越快，你越是不去想那浮现在脑中的义忆，它就越是鲜明无比。等回过神来时，我的意识已经回溯到架空的少年时代了。

“大家觉得我们正在交往哦。”

我和灯花来到了附近神社举办的夏季庙会。逛完一圈小吃摊，我们在拜殿[2]后方的石阶一角并排坐下，有一眼没一眼地望着下方拥挤的人群。

我穿得和平时一样，灯花则整整齐齐地穿着浴衣，藏青色的底，上面印着烟花图案，头上还别着红菊发饰。和去年相比，两者的选色

1 注：日本神社中行人参拜的道路。

2 注：日本神社中用于礼拜的建筑物。

都更为沉稳，因此她也显得较平时更成熟一些。

“我们不过是发小而已啦。”

说着，灯花喝了一口颜色看上去不怎么健康的果汁，轻轻咳了一声，然后像是窥视我的反应一般偷偷瞄向我。

“要是被人瞧见我们这么坐在一块儿，怕是会越描越黑吧。”我小心地选择措辞。

“确实。”灯花咯咯地笑起来，然后又像想起什么似的，将手叠到我的手上。

“要是被人瞧见这一幕，大概就更黑了吧。”

“别这样啦。”

我嘴上这么说，却没有躲开灯花的手，只是若无其事地张望。担心被熟人撞见而受嘲弄的不安，还有期待干脆想被揶揄一番的冲动各占了一半。

不，期待的比重说不定还稍大一些。

当时我十五岁，内心已强烈地意识到了灯花的异性身份。这种转变的契机源自初二那年我们被分到两个班，在一起的时间骤然减少。尔后的一年间我痛切地感受到，这位向来被我归为家人的发小，其实是与同班的女生毫无差别的异性。

同时，我发觉自己正深深被身为异性的她吸引。抛开种种先入为主的观念，退一步来看，其实夏凪灯花是个非常漂亮的女生。从那以后，我突然对她那早该见惯的侧脸看入了迷，或是单纯因为她和其他男生说话便心神不宁——这些情况出现的次数也增多了。

我是这么想的，自己之所以至今从未对异性产生过兴趣，或许是因为理想的对象从一开始就在身边。

而与灯花相处已久的我很快便注意到，她的心境也发生了与我相同的变化。初二的夏季开始，她和我的相处方式便多了一份古怪的拘谨。

表面上的举动和以前毫无二致，但仔细观察就会发现，她只是在模仿自己过去的举动。想必灯花是在以自己的方式努力维持着我们亲密无间的关系吧。

初三时我们再次同班，像与之前唱反调似的，我们常常同出同进。尽管没有直接询问过彼此的心意，但我们不时会装作无意一般相互试探。比如像她刚才那样，说着“又要被错当成情侣了”，看看对方会不会露出嫌恶的表情，或是半开玩笑似的握住对方的手，观察此后的反应。

经过不断的摸索，我们越来越坚信对方有着和自己相同的心意。

而那一天，灯花开始了最后的验证操作。

“我说，要接个吻试试吗？”

她问身边的我，视线始终没从眼下的景色移开。

这种说法像是心血来潮，但我明白，她从很早之前就在酝酿这句话了。

因为，我也从很早之前就准备好了相同的话。

“用这个办法来确认看看，我们之间是不是真的只有发小的关系啦。”灯花口气轻快，“说不定会心跳加速哦？”

“谁知道呢，”我也口气轻快，“多半什么感觉都没有吧。”

“是吗？”

“是啊。”

“那，你来试试。”

灯花朝向我，闭上了眼睛。

这不过是一场游戏，或是满足好奇心的实验罢了，而接吻什么的本来就没什么大不了——像这样拉好几道防线后，我们狡诈地将嘴唇叠在一起。

嘴唇分开后，我们像什么都没发生似的，把头扭回了原位。

“怎么样？”我问道。声音有种奇怪的低沉与冷淡，仿佛不是自己的一样。

“嗯……”灯花慢慢地歪了歪脑袋，“没什么心跳的感觉。你呢？”

“我也一样。”

“是吗？”

“我不是说了吗？什么感觉都不会有。”

“嗯，我们果然只是普通的发小呢。”

我们的对话真够假惺惺的。我现在就想和灯花再接一次吻，还恨不得把那之后的事情一件不落地验证一遍。她那游移的视线和颤抖的声音也表露出了同样的心情，我甚至知道她在最初的应答以前之所以会有些微迟疑，是因为把溜到嘴边的那句“好像不太明白，再来一次吧”给咽了回去。

原本她是打算顺势向我表白的吧，其实我也预备了类似的计划。然而在叠上她嘴唇的仅有的几秒之间，我的想法发生了巨大的转变。体内的细胞在向我警告，不能再继续下去了。

要是再继续下去，一切都会发生巨变。

一时的刺激与情绪高涨所换来的东西，将令两人间舒适的关系消失殆尽。

这么一来，我们便再也不可能恢复到如今的关系。

灯花也意识到这一点了吧，于是突然改变计划，让一切始于玩笑，终于玩笑。

我十分感激她的慎重判断。假如她明明白白地表达出了那份倾心，我恐怕是无法拒绝的。

回家路上，灯花像是忽然想起来似的说道：

“顺便一提，我是第一次哦。”

“你指什么？”我装傻。

“接吻。千寻你呢？”

“第三次。”

“咦？”灯花睁圆了眼睛并停下脚步，“什么时候？和谁？”

“你不记得了？”

“……难道，是和我？”

“七岁的时候在我家的壁橱里，十岁的时候在你家的书房里。”

“啊，是这么回事。”几秒的沉默后，灯花想起来了。

“好厉害，亏你还记得呢。”

“只是灯花你比较健忘啦。”

“不好意思。”

“今天的事，恐怕几年后你也会忘了吧。”

“是吗，都第三次了呀。”

灯花稍稍沉默了一会儿，然后微笑起来，说道：

“那么，其实是第四次了呢。”

这次，轮到我吃惊了。

“什么时候？”

“不告诉你，”她故作一本正经地说，“但是，离现在还挺近的。”

“完全不记得了啊。”

“因为千寻你在睡觉啦。”

“……我没注意。”

“啊哈哈，因为我在亲的时候留心没让你察觉啦。”

“好狡猾啊。”

“我狡猾吧？”灯花仰着脸笑了起来。

“那么，其实就是第五次了啊。”我用她听不见的声音嗫嚅道。

论狡猾，彼此彼此。

我脑中有无数这种糖果般的模拟记忆片段，而且每次它们都会比我原本的记忆更为鲜明地在脑内苏醒，剧烈地动摇着我的心。

令人困扰的是，义忆与通常的记忆不同，我无法期待依靠时间的流逝来忘却它们。义忆如同刺青，不会自然地消失。某项临床试验的结果表明，为新型阿尔茨海默病患者移植义忆后，即便自身的记忆已完全消失，义忆仍会在人脑中持续留存一段时间。纳米机器人对记忆的改变就是这么深远。要是想忘却“Green Green”带来的义忆，除了喝下专为消除义忆而调制的“忘川”，别无他法。

克服恐惧喝下“忘川”，还是与义忆和解？我在这两个选项之间长久地摇摆着。

要是不消除义忆，我就会永远被束缚在虚构发小的回忆中吧。

我低下头叹了口气，烦透了优柔寡断的自己。

我在义忆海洋中漂着漂着，好不容易来到了出口——面前出现了一座鸟居，终于能逃出夏季庙会了。我放下心来，毕竟待在这里我就总会想起那些子虚乌有的往事。

这时，不知从哪里传来了爆炸声。我条件反射般抬起头，只见遥远的夜空中升起了烟花，估计是邻镇在开烟花大会吧。我将视线往下移动，这时却感觉有人在对自己说话——

“现在马上回头。”

我无意识地放慢了步子，扭头往后看。

人潮中，我一瞬间就发现了那个身影。

她也正在扭头回望。

没错，那是个女孩。

垂到肩胛骨的黑长直发。

印着烟花图案的藏青色浴衣。

惹人注目的雪白肌肤。

红菊发饰。

视线相交。

时间静止。

我顿然醒悟。

她也有着**相同的记忆**。

夏季庙会的喧嚣渐渐远去。

除了她，一切都丧失了色彩。

我想，我得追上她。

我想，我得问问她。

我试图跑向她。

她也正试图跑向我。

然而，人潮毫不留情地涌来，冲散了我们。

须臾之间，她的身影就不见了。

02

萤之光[1]

蛍の光

1 注:《萤之光》即苏格兰民谣《友谊地久天长》的日本版歌曲。

少年时代的我曾隐约想象过，假若自己这种空洞的人能交上朋友，想必对方也是和我一样空洞的人吧。既没有友人也没有恋人，既没有优秀的资质也没有值得夸耀的经历，甚至没有任何暖心的回忆——和这种典型的“无能人士”邂逅时，我想自己才算第一次遇上能称之为“朋友”的对象。

对我来说，江森是我最初的友人（而到现在为止，他也是我最后的友人），但他是个与我设想的空虚感丝毫不沾边的“有能人士”。他交友众多，恋人也是换了又换，还精通三国语言，我们刚认识时他已经被大型企业录用了。总而言之，我们正好相反。

和江森熟起来是在十九岁的夏季。当时，我们念同一所大学，住同一栋公寓。我在二〇一室，他在隔壁再隔壁的二〇三室，因而我常常能看到他带姑娘回住处。每个月，他的对象都会变，并且个个都美若天仙。在校园里，我也时常能见到江森的身影，他总被一大群朋友包围，笑得十分开怀。每逢大学举办什么活动时，他多半会成为中心人物。要是他往舞台上那么一站，四下就会传来尖锐的欢呼声。

原来人生还能这样啊，我从心底感到佩服。那个世界，以我贫瘠的想象力完全无法触及。

理所应当地受人喜爱，到底是怎样的感觉呢？

为何如此阳光的江森会和我这种阴郁的人熟络起来，答案至今未知。这可能类似跨文化交流，也可能因为他同样在我身上发现了自己所想象不到的世界，试图通过这种社会学习的方式对我进行贴身观察。

还有一种可能性是，江森颇为珍惜我这么个绝对不会泄密的倾听者。尽管很多人对他抱有好感，但光是这一点就足够令他四面树敌。

而我，也许最适合接收他那些不宜传入他人耳中的秘密。

总之，我们成了朋友。这就是全部。这是江森主动接近我的结果。他待我的态度让我感觉自己不可能拒绝得了，而面对那种态度，我也只好认为拒绝他是不正确的。原来，在爱的滋养中长大的人会通过这种方式来获得更多的爱啊。

由于我完全不了解能够跟他人分享的话题，所以我们在一起时，常常是他单方面说个不停，而我只是有一句没一句地听着，偶尔随心地回两句预测失误的感想。我原以为他不久便会对我的空洞感到失望继而自行离开，但我们的关系却持续到他大学毕业之后，延续至今。

这天，我们时隔半年再会。江森没有兜圈子先打来电话约时间，而是突然就造访了我的屋子。我打开房门应答，只见他向我打了一声招呼，举了举手里拎的袋子。袋子里面是两提啤酒，六罐一提，一切都和过去无异，瞬间就填上了半年的空白。

我随便拿了点能下酒的东西，就这么穿着居家服、趿拉着凉鞋便出了门。江森默默点头并先走一步，我跟随其后。

我们心照不宣，目的地是附近的儿童公园。

公园很冷清，里面长着高高的杂草，远远看去还以为只是块荒地。游乐设施都带着一层铁锈，光是碰一下都似乎会让人染上怪病。在这种像要终结儿童美梦的地方喝酒，是我们的做派。

这晚的月色十分美丽。被树木环绕的小公园里，一支立地灯孤零零地竖在秋千前。虽然灯泡已不亮，但多亏有月光的照耀，我们总算能看清游乐设施的轮廓。

我们拨开草丛走了进去。像预先商量好似的，江森和我分别在“熊猫”和“考拉”身上坐了下来。公园一角的长椅已埋没在杂草里，坐不了了，我们便把弹簧椅当成凳子。尽管它晃得厉害，坐着也不舒服，但总比直接坐在地上要好。

拉开罐装啤酒的拉环，我们没碰杯就直接喝了起来。买来大约过去挺长一段时间，啤酒已经不冰了。

我们会在公园里喝酒，其实是有点渊源的。在我入学的前一年，大学里有人因急性酒精中毒而死亡，由于死者还未成年，附近的商店便开始以更加严格的标准去确认购酒者的年龄。于是江森买酒，我来准备下酒菜，然后两人再去公园——就成了定式。

既然住在同一栋公寓，照理说去任意一方屋里喝就可以了，但江森坚持认为“离家越远，酒越好喝”。因此，我们想着找一个既在步行便可到达的范围内，又能避人耳目喝酒的地方，最后找到了这座儿童公园。

“怎么样，最近有没有什么好玩的事儿啊？”江森似乎并没有抱太大的期望。

“没，每天还是像独居老人一样生活啦。”我回答，“你呢，有什么好玩的事吗？”

他仰望夜空，沉思了足有四十秒。

“我的熟人遇到了诈骗。”

“诈骗？”

他点点头，说道：“也就是所谓的‘恋爱式营销’吧。骗子利用恋爱关系，硬是让人买下绘画作品，或是给自己买房什么的。诈骗手段太老套了，一点意思都没有，但我那被骗的熟人的证词倒是有点意思。”

受害者是个叫冈野的男子，骗子是个自称池田的女子。

事情是这样的。某一天，冈野在社交平台上收到了一条消息，来自一个叫池田的女子，内容是：“我是你小学时代的同班同学，还记得我吗？”

冈野回忆了一下，但想不起来有叫池田的女同学。他怀疑是个骗局，便决定不予理睬。一天以后，对方又发来了消息："突然给你发那种怪怪的消息实在很抱歉，最近我总是独自一人，情绪有点不太正常。发现和过去的熟人住在同一个镇上，我实在太高兴了，一不留神就干出了那种事来。你不用回复了。"

看完这条消息，冈野猛地不安起来，搞不好只是自己忘了，池田或许真的是旧识？如果选择无视，不就伤对方的心了吗？不就等于把耐不住寂寞，将自己当成救命稻草发来联络消息的她推往更黑暗的深渊了吗？

烦恼来烦恼去，他给自称池田的女子回了消息，然后两人就发展起了关系。池田给人的感觉很不错，冈野立刻就坠入了情网。

两个月后，他顺利地"被迫"买下一幅昂贵的画作，第二天，自称池田的女子就从他眼前消失了。

"我话先说在前头，冈野这人绝不是个笨蛋。"江森补充道，"他毕业于名牌大学，博览群书，脑子转得很快，比一般人要谨慎得多。然而，他却被这种过时的招数给骗了，你觉得是为什么？"

"是他为人太善良了吗？"

"是他太寂寞了啊。"江森摇了摇头。

我想了想，附和了一句"原来如此"。

他继续说："有意思的是，池田删除社交账号、人间蒸发以后，冈野仍然固执地相信她是小学时代的同班同学。他的脑袋里确实有那段记忆。他能想起和少女时代的池田在同一间教室里发生的种种往事，尽管事实上这么个同班同学并不存在。"

"那么……是因为他在自己不知情的情况下被植入了义忆吗？"

"不，这样的话成本太高了，对骗子来说不划算。"

"那是为什么呢？"

"是他自己无意中改写了记忆吧。"江森一脸不解地说，"记忆这种东西，很容易随着心情变化而扭曲呢。哪怕不借助纳米机器人的力量，人也会时时篡改自己的记忆。天谷，你知道‘费斯阿肯事件’[1]吗？”

我从来没听过这个词组。

“简而言之，这就是个说明犯罪证词能有多不可信的典型案例。‘你不是遭受过这种伤害吗’——要是有人反复对自己这么说，自己就会觉得真的受过伤害。冈野也是，池田反复表示‘你是我的同学’，他渐渐就信以为真了吧。‘好希望她说的是真的’这种愿望大概也加快了记忆的变质。只要翻翻毕业相册应该就能知道，池田这么个同学压根就不存在，只是冈野并没有那么做。总之，他是因为想被骗才被骗的啊。”

江森从口袋里掏出香烟并点上火，有滋有味地抽了起来，香烟的牌子从认识起就没变过，那甜腻腻的气味让我再一次有了与他重逢的真实感。

“最近，据说这种古典派诈骗还挺流行的，孤独的年轻人好像最容易被盯上。天谷，说不定哪天你也会成为骗子的目标哦。”

“我觉得应该没事吧。”

“为什么敢这么说？”

“我小时候一个朋友都没有，也没有任何美好的回忆。所以哪怕过去的同学来联系我，也无法指望什么。”

江森听罢，缓缓地摇了摇头并说：

“不是的，天谷。那些家伙不会钻回忆的空子，而会钻没有回忆的空子。”

1 注：一九八四年在美国马萨诸塞州的费斯阿肯托儿所发生的一起冤案。在这起案件中，法庭仅根据涉案儿童们的一面之词便裁定托儿所职员杰拉德·阿米罗特对四十多名儿童施加了性暴力，而根据重新调查的结果，当时儿童们的证词大多是在心理治疗专家苏珊·凯莉的诱导之下“想象”出来的，实际上并不可靠。

*

结果，带去公园的那些酒还不够喝，后来我们又跑去了车站前的小酒馆，在那里继续聊了些有的没的，九点前道别。

一个人走在商业街的时候，我的老毛病又犯了。

这次的触发机关是商铺通知即将打烊的曲子——《萤之光》。

“好晚啊。”

社团活动结束后回到教室时，灯花气鼓鼓地对我说。

“会开得长了一点，”我辩解道，“今年的初三生特别有干劲呢。”

“是吗？”

“你先回去不就好了吗？”

她一脸不满似的盯着我说：

“这就不对了，千寻。这种时候你应该说‘让你久等了，对不起’。”

“……让你久等了，对不起。还有，谢谢你一直等我。”

“乖。”灯花微微一笑，伸手拎起书包，“那么，回家吧。”

我们是留在教室里的最后两个人。检查了一遍窗户是否锁好，我们关上灯来到走廊。运动部的家伙用过的止汗喷雾的气味直冲鼻腔，灯花捂着嘴轻轻咳了两下。她的喉咙比较敏感，受点二手烟或空调冷气之类的小刺激，好像也会引起咳嗽。

灯花一边在玄关换鞋，一边和着通知放学的《萤之光》的旋律，配上自己作的歌词哼唱起来。

萤火虫之光

消失在暗夜

虚无又缥缈

恋恋我心房

颇为哀伤的歌词。

“话说，我从来没听过《萤之光》的完整版歌词呢。”

“我也是，只知道‘萤火虫之光’这句。”

“可你随口把它改成失恋的歌也挺不对劲的。”

“不过，你也记下新歌词了，对吧？”

“嗯。就算我现在去记它本来的歌词，旋律一出现，我觉得还是会先想起你作的词。”

“与此同时，你的脑中会浮现出我的脸吗？”

“大概吧。”

然后肯定还会回忆起今天这段暖心的对话吧，我暗暗地想。

“我啊，觉得这算是一种诅咒呢。”

“……什么意思？”

“川端康成曾说过这么一句话，‘请告诉与你分手的男人一种花的名字，花每年都会绽放’[1]。”灯花竖起食指得意地说，“千寻，你接下来的这一生，每次听到《萤之光》都会想起我和我作的歌词哦。”

“还真的是诅咒呢。”我笑了。

“不过，我和你是不会分手的。”她也笑了。

我快速地摇了摇头，打断了回想。

这几天，我越来越频繁地回忆起夏凪灯花。

我很清楚是什么原因，都怪神社里的那件事。

那到底是怎么回事呢？

1 注：出自川端康成的散文诗《化妆的天使们》。

浴衣也好，发饰也好，发型也好，身材也好，五官也好，全部一样。

唯一不同的，是年纪。义忆中夏凪灯花的形象只设定到十五岁，而那天与我擦身而过的姑娘则看起来成熟了不少。

就好像义忆中的发小跟我同步成长，然后出现在我眼前一样。

我陷入了思考。作为创作的大前提，义忆中的登场人物是禁止以真实存在的人物为原型的，这是为了防止使用者因混淆现实与义忆而引起纠纷。因此，首先就可以排除女孩是夏凪灯花原型这个假设。而“她就是夏凪灯花本人”这种蠢话更加不值一提。

也不是不能把这件事归为偶然的相似。那天，县内县外涌来了大量逛庙会的人。酷似夏凪灯花的女孩恰巧混迹其中的可能性不会是零。仔细想想，其实那浴衣和发饰的设计也颇为常见。

然而，她的反应又该如何解释呢？和我对上视线的时候，她出现了与我相同，甚至更为剧烈的内心动摇，那张脸仿佛在说“不可能有这种事，肯定是哪里搞错了”。而且她试图拨开人潮向我靠近，那也能归结为认错人吗？我恰好认识酷似她的人，而她也恰好认识酷似我的人，如此凑巧的偶然事件真的存在吗？

还有一种更简单的解释：那天与我擦身而过的，是酒精、孤独与庙会的热气催生出来的夏季幻影。除了必须质疑自己是否清醒以外，这个假设是完美无缺的。

不，说不定一开始就不必想得太深。无论是认错人还是出现幻觉，我要做的只有一件事。

消除义忆。

这样我就不会再认错人，也不会出现幻觉了。

再也不会时不时想起从未存在过的记忆，被其扰乱心智了。

回到屋里，我从柜子深处找出两包“忘川”的其中之一。不是消除少年时代记忆的那包，而是消除夏凪灯花相关记忆的那包。我往玻璃杯中倒水，再把它和“忘川”并排摆在矮桌上。

预备就绪。接下来只要撕开包装纸，将里面的东西溶解到水中，再喝下去就行了。

我伸出手。指尖颤抖。

这个过程并不会伴随着疼痛，“忘川”也不会有浓郁的苦味，我更不会失去意识，这有什么好怕的呢？不过是抹去错误写入的记忆，恢复原状罢了。“忘川”的安全性也是有保证的。

再说了，就算出了问题，你又有什么宝贵到不愿失去的记忆吗？

我拿起纸袋。

腋下渗出了冰冷的汗。

指望用理性战胜生理恐惧也许是错误的。换个思路吧，只需让头脑放空短短十秒就行，期间一切就会结束，没必要百分之百说服自己。抛开所有念头与责任感，善后工作交给未来的自己就够了。让自己成为空洞，这不是你很擅长的吗？

然而，越想放空大脑，种种思绪便越是见缝插针地钻进来。就像用手擦镜片反而会沾上更多指纹一样，事态越发恶化。

我翻来覆去地自问自答着。

忽地，我想到了，是地方不对。

那天我记忆中逼真的恐惧感至今仍浓厚地残留在这间屋子里。榻榻米、墙纸、天花板、被褥、窗帘，目之所及都沾满了我的恐慌，如同粘在老建筑上的烟焦油一样。

举办任何仪式都需要合适的场地，喝下“忘川”也必须准备一个与之相称的舞台。哪里才最合适呢？

我立刻有了答案。

*

第二天，打工结束后，我坐上了与公寓方向相反的巴士，口袋里放着能消除“夏凪灯花”相关记忆的“忘川”。在空调有点冷过头的车里，我把纸袋掏出来，漫不经心地从各个角度端详着它。

巴士很快到达目的地，我把“忘川”放回口袋并跳下车。车站的正前方，就是那座神社。

穿过鸟居，我踏入神社境内，和夏季庙会那晚不同，现在一个人都见不着。四周回响着夜蝉发出的阵阵鸣叫，它们错将阴天当成傍晚了。

我从自动售货机里买了一瓶矿泉水，在石阶上坐下。摸摸口袋，“忘川”还在，然后我点了根烟，打算先让自己平静下来。

抽完一根，用鞋底将烟蒂踩灭的同时，我听到远处传来了救护车的鸣笛声，刚想说“糟了”，但为时已晚。在鸣笛声的触发下，我又被卷入了回忆的漩涡。

好久没见过穿睡衣的灯花了。过去我们常会在对方家里过夜，我早就看腻她穿睡衣的样子和睡得翘起来的头发了。而满十一岁的那会儿开始，我们不约而同地不再过度干涉对方，彼此间的了解便渐渐流失了。

时隔一年，我再次见到穿睡衣的灯花。她看起来非常虚弱，也许是由于料子很薄，又是素白色，她领口露出的锁骨和短袖里伸出的细胳膊像是稍一用力就能轻易折断似的。

我看了看自己的手脚，再次深切地认识到自己与她的差异。稍早前我们还差不多高，可不知什么时候起我就比她高了十厘米以上，这让我每次和她牵手或是被她倚靠的时候，怎样都会注意到彼此间的体型差异。她细瘦的双腿和弱不禁风的身躯令我实实在在地感受到，我们的身体正不可逆转地朝着不同的方向发育了。

而且，这种感觉令我非常不适。即使内容没变，假如容器的形状变了，那么它所代表的含义也会发生变化。我们的交流方式分明和过去一样，但有时会觉得哪里过头了，有时又会觉得哪里不够了。可若要配合这些感觉改变自己的举动，到时又会产生另一种尴尬。

那天，灯花穿着睡衣的样子也让我静不下心来。去病房探望她时，开始那一阵子我总是不敢看她的眼睛。我装作对病房的装潢或慰问品饶有兴趣来逃避她的视线，直到紧张感消退。

然而，周围根本看不到什么特别稀罕的东西。这间病房十分普通，白色的墙纸、褪色的窗帘、铺有浅绿色亚麻油地毡的地板，还有简朴的床。虽是四人间，但除了灯花外没有别的住院病人。她被安置在进屋后右手边最靠窗的，那个阳光最充足的床位。

“医生说呀，大概是气压变化引起的吧。”

她遥望窗外，像在观察天气。

“你想啊，台风不是快来了吗？然后因为气压急剧下降，好像就引起发作了。”

我回想起昨天的事来。

发现灯花病倒是下午四点过后的事。放在往常，她应该会拿着作业来到我家，但昨天她始终没有出现。我感觉不妙，便去灯花家瞧了瞧，结果发现她蹲在地上动弹不得，身上的青紫色让人一眼就看出是哮喘发作。一支吸入器在不远处滚动着，看来它没有起作用。耳边传来我从未听过的剧烈喘鸣[1]，于是我立刻跑去起居室叫了救护车。

据说这次发作严重，差点要引起她呼吸功能不全。

“呼吸不难受了？”我问。

---

1 注：哮喘发作时出现的干啰音，音调高，像吹口哨时发出的声音。

“嗯，没事了。只是为了防止再次发作，要住院观察几天，其实身体没什么问题。”

灯花看上去很轻松，却气若游丝。这种状况下，她真的能聊天吗，是不是当着我的面勉强自己呢？而就算我这么问，她也只会让自己扮演得更加巧妙吧。

为了让她至少不必费力说话，我把椅子搬得尽量离床近一点，同时也注意放低自己的音量。

“我真以为你这次要死了呢。”

“我也以为自己要死了，”灯花与己无关似的笑了笑，“但是啊，要是那时千寻的判断慢了一步，情况好像会更危急呢。医生表扬你了哦，说你毫不犹豫地叫了救护车，这决断十分英明。”

“因为我早就习惯应对你的发作了。”我冷冰冰地说。

“你救了我一命呢，谢谢。”

“不客气。”

接下来是一阵短暂的沉默。

我一咬牙问了句：

“……这病，治不好吗？”

她抿着嘴唇歪起脑袋，说道：

“不知道。听说很多人会在长大的过程中治好，但有些人似乎长大了也治不好。”

“这样啊。”

“话说回来，”她像是故意换了个话题一般，“千寻，你竟然还知道喘鸣和三凹征[1]啊，简直像医生一样。”

“我碰巧看过这方面的书。”

“是为了我专门去查的吧？”

1 注：指吸气时锁骨上窝、胸骨上窝、肋间隙呈现明显的凹陷状态。

她歪着脑袋，从下方窥视我。

长长的头发随着她的动作轻轻晃动。

“嗯，毕竟你要是死在我面前，事情会很麻烦。”

“啊哈哈，这倒也没错啦。”

她的笑透着一丝困惑。

刚才的说法有点太冷漠了吧，我内心感到后悔。

“这么说来，我好久没被千寻你抱过了呢。”灯花的口吻带着种捉弄人的意味，“没想到你轻轻松松就抱起来了，吓了我一跳呀。”

“我想不出其他能把你抬过去的方法而已。”

“我不介意啦。要是每次都能那样的话，哮喘发作或许也不算坏事。”

听到灯花那恶作剧式的口吻，我轻轻地戳了戳她的脑门。

“好疼。”灯花夸张地抱住了脑袋。

“我可永远不想再碰上那种事了，真是担心到差点窒息了。”

一阵奇怪的沉默出现了。灯花瞠目结舌地盯着我，而后那表情慢慢转变成略带羞涩的笑。

“对不起，对不起，我撤回刚才的话。”她改口道，“我讨厌发作，只是能跟你相互触碰，内心觉得很开心。”

“那你就快点好起来吧。”

“嗯，”她诚恳地点点头，“对不起，让你担心了。”

“没事啦。”我没好气地回答。而这时我才发现，刚才那番话竟羞得自己的脸直发烫。

脖子上的冰凉触感让我回到了现实。指尖一摸，略有些湿润。与此同时，我注意到石阶上正晕染出点点黑斑，神社境内，一阵强风扫荡而过。

开始下雨了。

我内心有种获救的感觉。可不能在这风雨中服用“忘川”。

老天给了我一个无功而返的借口。

我撑着膝盖站起来，走下石阶。安心感令我的脚步十分轻盈。

先回公寓吧，剩下的事情回头再考虑好了。

今天不是个抹去记忆的吉日。

等巴士的时候，雨势大了起来。我跑到车站附近店铺的屋檐下躲雨。五分钟后来了辆巴士，我跳上车。窗户紧闭的车内充满空调里吐出的霉味，地上则到处是顺着乘客的伞滴下的一摊摊雨水。

在后方右侧的座位坐下，我舒了口气，然后漫不经心地望了一眼马路对面的巴士站。今天某个地方大概也在举办庙会，一个身穿浴衣的女孩正忧郁地仰望着雨云。或许她正在想：这雨会下到什么时候呢，亏我刚买了新浴衣，真是太不走运了，希望庙会不要因此中止。

巴士出发了。

太不应该啦。不知是谁说了这么一句。

你现在可是错过了一个不得了的重点哦。

我用手擦了擦蒙着湿气的窗玻璃，再次观察那个浴衣女孩。

垂到肩胛骨的黑长直发。

印着烟花图案的藏青色浴衣。

惹人注目的雪白肌肤。

红菊发饰。

我的手指下意识地按响了停车按钮。

抵达下一站的五分钟简直像永远一样漫长。

下了车，我往上一个车站全速奔去，姑且将层出不穷的疑问抛诸脑后，只是迎着瓢泼大雨一路飞驰。路上的行人纷纷回首，可我无暇顾及。

我一边跑一边压着几乎要破裂的胸口，而脑中则浮想联翩。最后一次全力奔跑是在什么时候呢？至少进大学以后一次都没有过，恐怕是在高中的体育课上吧？不，高中有过赛跑吗？打球的时候也好，长跑的时候也好，测体力的时候也好，我都不会尽全力，好让自己不那么疲劳。这么说来，全力奔跑得回溯到初中了？

最先浮现在脑海的，果然还是虚假的记忆——初三运动会的义忆。

从正式比赛的一周前开始，我就持续郁闷。我并非不擅长运动，倒不如说，只是比上不足、比下有余的“擅长”给我招来了麻烦。也不知是哪个环节出了问题，班上居然让我顶替田径部的同学跑八百米最后一棒，我做梦都没想到偏偏要在初中最后一次运动会上肩负重任。我曾想过脚底抹油，但既没有勇气反对多数人的意见，也没能破釜沉舟，磨磨蹭蹭着就迎来了比赛当天。

平时我会注意不在灯花面前发牢骚，可那天我忍不住说了丧气话。那是在去学校的路上，我吐露道：“说真的，我现在就想立马回家，一想到自己跑出来的名次有可能将同学们的回忆毁于一旦，我就觉得自己要被这份重担压垮了。”

灯花听罢，开玩笑似的撞撞我的肩膀，天真地说：

“不用管什么同学不同学的啦。你真想为了谁而跑的话，不如就为我一个人跑吧。”

患有严重小儿哮喘的她从出生以来就没有全力奔跑过。体育课时，她总是在旁观，远足或滑冰课之类需要体力的活动基本都会缺席。这年的运动会也是，她出席倒是出席了，但没被登记为运动员。灯花主动谢绝了，理由是不能给大家添麻烦。

“为我一个人跑吧”——这句话从她口中说出来，听上去带有某种十分特殊的意味，却完全没有强加于人的感觉。

是啊。我到底在怕什么呢？对我来说，最重要的是灯花。而且不论我跑出什么结果，灯花也绝不会对我失望，倒不如说她肯定会百般称赞我。

我仿佛卸下了肩头的重担。

那天的接力赛，我甩开另外两队的选手，第一个冲过了终点，然后在跑向同学们的途中晕倒在地，被送去了保健室。躺在床上时，我记得身旁的灯花夸了我好多次“太帅气啦”。然而，我从肉体疲劳与极度紧张中解放出来后，精神涣散到了极点，很快就沉入了睡梦之中（说不定，她所说的“第三次接吻”就是那时候发生的）。

醒来的时候，运动会闭幕式早就结束了。窗外已陷入昏暗，灯花站在床边瞄着我的脸。

“回家吧。”说着，她微笑起来。

我把意识拉回现实。

哎呀，自己真是完全没有属于自己的人生啊。我彻底目瞪口呆了。

这样下去，怕是连自己弥留之际的走马灯都不得不用架空记忆来解决了。

我看见藏青色的浴衣，同时也看到了驶近车站的巴士，然后拼尽剩下的力气往她那里赶去。进大学以后我就基本不怎么运动了，加上每天要抽掉一包烟，肺、心脏和腿脚都快要接近极限了。缺氧令视野周围一片模糊，喉咙里挤出的声音简直不像是自己的。

我想原本应该是赶不上的。不过，司机好像看到了没打伞且浑身透湿的我，便稍稍推迟了发车。

能赶上车确实是万幸，但我没办法立刻向对方搭话。抓紧扶手，我弓着腰等待呼吸恢复平稳，发梢滴下的雨水打湿了地面，剧烈的心跳像建筑工地那般嘈杂。尽管全身湿透了，血液却像沸腾似的让身体变得火热。双腿颤抖到站不稳，巴士每晃动一次，我都觉得自己快要摔倒了。

终于，呼吸稳定了，我抬起了头。

当然，她还在那里。

女孩坐在倒数第二排，此时正忧郁地望着窗外。

我的心跳刚刚恢复正常，又紊乱了。

我笔直地向她走去。

不知是不是全力奔跑时分泌出的脑啡肽起了作用，现在的我似乎能毫不胆怯地跟她说话了。

还没想好说些什么，但是我确信一切都会很顺利。只要开口说出第一句，后面的话就会自然而然地冒出来吧。

我就是积攒了那么多想跟她说的话。

在她侧面停下脚步，我抓住扶手，轻轻地深呼吸一口。

“请问。”

这两个字是契机，轻易就破解了夏季的魔法。

看向窗外的女孩回过头来。

“……有什么事吗？”

她满脸讶异地问。

一丁点也不像。

硬要说像的，也只有体形和发质，除此以外的所有特征和夏凪灯花相去甚远。简直就像被某个人摸透了我的轻举妄动，对方抱着明确的恶意在此设下了一个圈套。

越看越觉得不像。那天在神社目击到的女孩身上洋溢出的文静与优美，我完全无法在此人身上感受到。

我怎么会把这种人错认成她呢？

“请问有什么事吗？”

假灯花又问了一遍，眸子里充满警惕。我这才意识到自己放肆地盯了她的脸许久。

冷静，我对自己说。这个女孩什么都没做错。只是偶然跟我义忆中登场的发小外形相似罢了，这不是她的错，而是我自说自话看走眼而已。

是的，错在我。这点我很清楚。然而，一股激烈的愤怒席卷而过，那是一种连我自己都难以置信的盛怒。我感到漆黑的黏液在胸口不断地扩散。这大概是我有生以来第一次对别人如此生气。

我抓紧了扶手，咒骂她的话在脑中层出不穷——别穿得那么混淆视听，让我产生莫名的期待，你这种女的才不配穿成那样，你连夏凪灯花的一个脚趾头都不如，等等。

当然，事实上我没有说出口。我郑重地向对方道歉，说认错人了，在下一站狼狈地跳下巴士，然后在雨中闷头走了起来。

为了躲雨，我进了一间小酒馆，喝着便宜的酒时不禁想到——

承认吧。

自己爱上了夏凪灯花。

光是瞧见和她外形相似的陌生人就会想起她来，我就是这么热切地期望和她相遇。

然而，那又怎么样呢？义忆技师只是配合我的喜好，设计出了夏凪灯花这么个我不得不爱上的人物，仅此而已。义忆在正常发挥作用，仅此而已。就跟定制的西服必然贴身没什么两样。不如说，没爱上才真叫怪了。

这么一承认，我内心稍稍轻松了一些。

而一轻松，酒也喝得高兴起来。

于是，我果不其然就喝多了。

我把吃下去的食物一股脑儿吐在马桶里，这还不够，接着吐胃液。

回到座位上喝点水，在桌上趴了一会儿后，我还得接着去厕所吐。循环几次后到了打烊时间，我被赶了出去。在店门前蹲了半天，我想了想，既然继续蹲下去恶心和头疼也不会消失，不如放空脑袋走起来吧。末班车的时间刚刚过去，我也没钱叫出租车，今夜怕是会很漫长了。

不知哪间店铺传来了《萤之光》的旋律，我无意间哼出了灯花作的歌词。

萤火虫之光
消失在暗夜
虚无又缥缈
恋恋我心房

我想，自己明天一定要把“忘川”喝下去。

毕竟，爱上一个不存在的女孩，只能是空虚了。

*

话虽如此，爱上一个真实存在的女孩，也有着不一样的空虚。

某种意义上说，我也算一个不存在的人。迄今为止遇到的女孩们几乎都没把我往恋爱对象那方面考虑吧。不，说不定她们连我的名字都不记得。

这可是比“被喜欢还是被讨厌”更早一步的问题了。我不属于她们那个宇宙，尽管处于同一时空，但绝不会与她们发生联系。在她们眼中，我仅仅是个飘过的影子；在我眼中，她们也一样。

真实存在的人爱上不存在的人是十分空虚的，不存在的人爱上真实存在的人也同样空虚。而不存在的人爱上不存在的人，那就是完完全全的虚无了。

恋爱，是两个真实存在的人才能谈的。

*

到达公寓时，天空正开始泛出鱼肚白。

每次发誓再也不喝酒的同时我也会想，反正过了两天自己又会死性不改地继续喝吧。醉得舒舒服服的我和受宿醉困扰的我是两个不同的人，一方的学习结果不会反映到另一方去。一方的我只会去学习喝酒带来的愉悦，而另一方的我只认识到喝酒带来的痛苦。

清晨的住宅区看不到一个人。栖息在附近小酒吧后门的野猫慢悠悠地从我面前踱过。大约是明白我现在病恹恹的吧，以往见到我就逃的猫今天完全没有对我保持警惕。不知何处传来一声乌鸦的嘶吼，如同呼应一般，别处传来一声山斑鸠的啼叫。

我拖着狼狈不堪的身体上楼，总算来到了门前，翻翻口袋，从钥匙包里的那几把中找出房门钥匙。光是这么几个动作就花了我相当多的注意力，打开锁时我累得以为自己在撬保险柜。

就在我的手握上门把时，二〇二室的门开了，里面的人探出脸来。我半开着门，移动视线看着邻居。我从来不知道隔壁住着谁，想着姑且认识一下脸。

那是个女孩，年纪在十七岁到二十岁之间。她衣着轻便，就像只是出门买个果汁一样。在晨光照耀之下，她的手脚白得很晶莹剔透，刮过走廊的风将她那长而柔软的黑发吹得蓬松。

和那天一样，时间静止。

我维持着将门开到一半的姿势，她维持着反手将门关到一半的姿势，无形的钉子固定住了整个空间。

我并没有看到藏青色浴衣和红菊发饰。

可是，我心里很清楚。

像是暂时丧失了语言这种概念一般，我们无声地对视良久。

最先反应过来的，是她的嘴唇。

“……千寻？”

女孩叫了我的名字。

“……灯花？”

我叫了女孩的名字。

我有一个素未谋面的发小。我没见过她的长相，没听过她的声音，也没碰过她的身体。然而，我非常清楚她的面容有多么可爱，非常清楚她的嗓音有多么娇柔，非常清楚她的掌心有多么温暖。

夏季的魔法，还在继续。

03

部分回忆

パーシャルリコール

十五年前，新型阿尔茨海默病突然蔓延到全世界。人们一般认为，由纳米科技实现的记忆改造技术，是在探索该病的治疗方法中得到迅速发展的。这项本来为了修复和保护记忆而开发的技术，用途逐渐转变为制造架空记忆。

结果，比起找回过去，想重启人生的人占了绝大多数，尽管那不过是捏造出来的记忆。

过去是无法改变的，而未来是可以改变的——这种理念随着记忆改造技术的普及逐渐成为明日黄花。

未来是未知的，而过去是可以改变的。

最早，由纳米机器人写入的架空记忆一般会被标成“假忆”或“拟忆”，即“虚假记忆”或“模拟记忆”的简称。而近年来，“义忆”这个写法成了主流。虽只是改了个名称，假货终究是假货，但社会上有种趋势，似乎有意抹去“假”“拟”这类文字本身带有的负面感。同时，在义忆中登场的架空人物也就随之有了“义者”这个叫法。这里所用的“义”取的是“义肢”“义齿”中“义”的意思，“这终归是查漏补缺的东西”——由此可见对这番含义的强调。不过，围绕“缺漏”的具体内容，人们的观点各不相同。归根结底，大部分人的人生经历都不完整，或许都需要接受治疗。不可能存在完美无缺的人生。

然而，义忆对人类是有用的，这是个无可非议的事实。在消除丧失、受害、虐待等经历造成的心理创伤时，由架空记忆引导认知的重建，或抹消经历本身等方法毫无疑问是有效的。某项报告称，给品行或性格存在问题的儿童被试者移植了名为“大母神”的义忆后，约四成孩子的人格产生了积极的变化。另外还有实验表明，给反复自杀未遂的毒品成瘾者植入名为“灵歌”的义忆后，对方会像脱胎换骨似的变得虔诚而禁欲（到这一步就稍微有点亵渎了）。

目前，人们还未切身感受到义忆给整个社会带来的恩泽，那是因为记忆改造纳米机器人的使用者们不愿公开说出这个事实。要类比的话，这种感觉最接近国内对美容整形的态度。实际上，有些人还会满含嘲讽地将改写记忆揶揄为“记忆整形”。

记忆改造推进派人士主张:人无法选择自己出生的环境，因此需要义忆这种救济措施。虽然我对义忆有抗拒感，但他们说得确实有道理。在我看来，比起义忆引发的哲学问题，大多数否定派人士拒绝义忆只是出于生理上的不安。

此外，关键问题还在于，目前人们尚未研究出治疗手段恢复由新型阿尔茨海默病导致丢失的记忆。尽管有“纪念物”这种用于恢复记忆的纳米机器人，但它顶多也只能恢复由“忘川”消除的部分记忆，对新型阿尔茨海默病导致的失忆可以说是束手无策。

人们也在考虑将义忆用于记忆备份，但成果甚微。据说，即便将与消失的记忆内容相同的义忆植入脑中，它也不会留存下来。而另一方面，与事实有出入的义忆反倒能留存得更久。由此可以推测，新型阿尔茨海默病并不会破坏记忆，而是会破坏记忆的结合。而这之中应该也分容易破坏的和不容易破坏的类型。患者之所以只会集中丧失情节记忆，或许是因为它们在所有记忆中复合程度是最高的。

*

刚醒的那段时间，我什么都想不起来。

十五岁起我就开始偷父亲储藏的酒喝，但丧失记忆这种经历今天还是头一遭。没想到真的会喝酒喝到失忆，我心里直发毛。此前我也听到过好几次类似的经验之谈，可总觉得那无非是种夸张的表现，或是掩饰酒席失态的一种方便的借口而已。

这是哪里？现在是早上还是晚上？我是什么时候钻进被窝的？为什么脑袋疼得快裂了？这些问题我一个也答不上来。唯独从胃底蹿上来的酒臭让我好不容易明白，都是酒惹的祸。

我闭上眼睛。慢慢来，一点一点地回忆吧。这是哪里？我的屋子。现在是白天还是黑夜？从透过窗帘的阳光有多亮来判断，是早上。我是什么时候钻进被窝的？思维却在这里停滞了。不能慌。最后的记忆停留在哪里？烂醉之后我被酒馆赶出来，错过了末班车被迫一路走回公寓——到这里我还记得。为什么我非得喝得烂醉如泥不可呢？对了，我认错了人，把巴士站那个穿藏青色浴衣的等车女孩错看成夏凪灯花了。心想着这样的自己太过不堪了，于是我便跑进小酒馆一通猛灌。

点和点渐渐连成了线。我被酒馆赶出来以后步行了三个多小时，终于回到了公寓（察觉到这一点的瞬间，我腿上的肌肉开始疼起来）。费了半天劲打开门，我倒下似的爬进屋，然后做了个奇怪的梦。大概认错人那件事影响太深了吧，我的梦里出现了夏凪灯花。我梦见她搬到了隔壁。

梦境紧接着现实而来，始于我回到屋里的那一刻。

“为什么你会在这里？你明明是现实中不存在的人！”

面对我的激烈言辞，她一脸惊诧地盯着我，说道：

“千寻，莫非你喝醉了？”

好了，快回答我的问题——我努力向她逼近，脚底却打滑了，用手扶着墙壁才总算免于跌倒。也许是血冲上大脑的缘故，或者是门缝里飘出的自家气味令肉体放松的缘故，我的视野摇摇晃晃，身子站都站不直，甚至连自己当下是什么姿势都不清楚。

夏凪灯花关切地问：“没事吧？要不要扶着我的肩？”

那之后的事我就不太记得了。

我觉得自己好像得到了精心的照看。

不管怎样，这一切肯定是酒后精神涣散的大脑为我呈现的梦。身心俱疲，脑子就不受控制了吧。我从来没碰到过如此忠实反映愿望的梦。

简直就像小学生躺在床上进行的胡思乱想啊。喜欢的女孩搬来隔壁，百般照顾虚弱的自己。

这根本就不该是成年男性做的梦。

昨天我都已经决心改变丢人的自己了。

今天，我一定要喝下“忘川”。

爬出被窝，我顶着脑袋的钝痛，歪着脸一口气喝干三杯水，溢出的细流顺着嘴角滑到了脖子上。脱掉泛着恶臭的衣服，我花了很长时间淋了个浴。擦干头发刷完牙，再喝了两杯水，我便躺进被窝。这么一套下来后，感觉稍微好了点。尽管我依旧觉得脑袋疼得要命，还想吐，但已经挨过最难受的那一阵了，这令我轻松不少。然后，我进入了浅眠状态。

过了一个小时左右，我醒了。胃里的紧缩感应该源自空腹吧。说起来，我将昨晚吃的东西吐得一点不剩，虽然现在没胃口，但再不吃些什么可不行。

我慢吞吞地爬起来，往厨房水槽下的柜子瞄了瞄，附近超市打折时买的杯面居然一个都没了。我不禁歪了歪脑袋，明明至少还有五个来着。最近实在太健忘了，是饮酒过量的关系吗?

打开冰箱的冷冻室想看看还有没有剩下的切片面包，却发现只有一瓶琴酒和一袋保冷剂。我还看了看冰格下面，除了冰碴，什么也没有。

我一开始就没指望过冰箱，半年前开始它就成了一个专用的啤酒储藏柜。自己做饭太麻烦，不知什么时候起我就只会买杯面、便当和冷冻食品了。

可即便如此，说不定还是能找到个下酒菜的。

抱着一丝期待，我拉开冰箱门。

里面有个异物。

一盘生菜番茄色拉，外表服服帖帖地包着保鲜膜。

“不好好吃点正经东西可不行哦。”

旁边还附了这么一张手写的便签。

*

决意购买“忘川”后，我最先去了加油站打工。做了一个月后我就被解雇，接着又去了一间餐饮店，在那里也是一个月便被炒了鱿鱼。原因都是我不讨人喜欢。我并非不招顾客待见，而是对待同事的方式有问题。我觉得只要把活儿干好完全就可以了，但这种态度似乎令同事很不爽。

明白自己不适合那种需要每天面对同一群人的工作后，我暂时通过大学生活合作联盟介绍的日结零工赚钱。可反过来说，这类工作每次都需要从头开始和陌生人建立关系，麻烦得很。沟通能力的含义很广，包括了人际关系的构筑能力和维持能力，而我哪种都不具备。

难道就没有和麻烦的人际交往完全无缘的工作吗？正为此发愁的时候，我恰好看到公寓附近的录像带出租店贴着招聘打工者的告示，试着去问了问，结果没有面试就直接录用我了。大概我是唯一的应聘者吧。

这间小小的个体店铺，以如今录像带出租店的规模而言算是很少见了。内外装修都破破烂烂的，看上去哪天倒闭都不稀奇。可能这间店得益于影视迷常客，还有零零碎碎的生意可做，也可能因为有点小钱的老板只是为了兴趣才经营这间店，并不在乎盈亏。店长是个年过七十，寡言而谦恭的老头儿，嘴里总叼着一根不带过滤嘴的香烟。

店里很少有顾客来。那也难怪，这年头还会光顾录像带出租店的，要么是老人，要么是极少数的录像带发烧友。说起来，现在这个时代又有几个人家里还有录像机这种老古董呢？年轻顾客进店的频率是一个月一两次，而且大半还只是问个价格，不会买。

这里的顾客都很规矩，因此工作起来十分轻松。抵御睡意算是我的首要工作。虽然薪水不高，但对于我这种对伙伴、工作价值、能力提升没有丝毫要求的人而言，这个职场算是挺理想的了。

两个月后我攒够了买“忘川”的钱，不过因为很清楚闲下来只会加大自己的酒量，所以我继续在那里干了下去。可能也只是单纯觉得待在那里很惬意，好似被时代遗弃的破落空间给我的内心带来了不可思议的宁静。用言语很难准确表达，但我产生了一种和谐感，觉得这里是个容得下我的地方——尽管在这种地方找到自己的容身之处实在是有点荒谬。

今天也是一个顾客都没有。我在收银台前僵着身子，一边强忍着哈欠，一边漫不经心地思考着今早在冰箱里见到的东西到底有什么特殊含义。

附着手写便签的手制色拉。

假设昨晚的事情是个梦，那么色拉也好，便签也罢，等于全部出自烂醉如泥的我之手。也就是说，我醉得不省人事、吐得胃袋空空后，步行三个多小时回到公寓，接着不知从哪里搞来了生菜、番茄和洋葱并做了盘色拉，用保鲜膜将它服服帖帖地包起来再放进冰箱，然后把炊具洗净放好，用女孩似的可爱笔迹给第二天的自己写了张便签，就寝，最终把一切忘了个精光。

假设昨晚的事情不是梦，那么色拉也好，便签也罢，等于全部出自夏凪灯花之手。也就是说，那些我认为是义忆的记忆实际上是真的，夏凪灯花这个发小也是真实存在的。她偶然搬到了我隔壁的屋子，用心地照顾醉倒的我，还帮我做好了早饭。

无论哪个假设都同样荒谬。

难道就没有更现实的解释吗？

思前想后，我琢磨出了第三种可能性。

前天江森跟我说的“骗子乔装成旧识接近受害人”的故事浮现在我的脑海。

“最近，据说这种古典派诈骗还挺流行的，孤独的年轻人好像最容易被盯上。天谷，说不定哪天你也会成为骗子的目标哦。”

比如说，要是我那义忆的内容以某种形式被诊所泄露出去了呢？

要是信息落到心怀恶意的第三者手中呢？

跟“幻觉论”与“真实存在论”比较起来，“诈骗论”这种假设多了几分现实感。昨晚遇到的人，是诈骗集团为了骗我而找来的酷似夏凪灯花的女孩，她只不过是扮演“夏凪灯花”这位义者的陌生人。

当然，这种假设也有漏洞，或者说是错漏百出。义忆中的登场人物突然出现在眼前，比起惊喜，任谁都难免先起疑心，警觉这种情况是不可能发生的，怀疑会不会是有人要陷害自己，而对方应该也会预想到这种正常心理。乔装成现实中的熟人也就罢了，我实在不懂特地装成义忆中的登场人物有什么好处，简直在说“快怀疑我”一样。

不对，也有可能是我过于低估了人类的潜在愿望。据江森所说，受骗的冈野不就是在假同学那番“你是我同学”的轰炸之下，最终信以为真了吗？

江森推测，也许是“好希望她说的是真的”这种愿望加快了记忆的变质。如果这是一种普遍的心理倾向，那么比起旧识，义者恐怕的确更适合作为诈骗的素材。义忆技师通过深层心理分析程序反映出的信息把握委托者的精神缺陷，然后用自己的双手描绘出了一个个生动逼真的义者，他们象征着这个人的愿望的集合。当梦中情人现身眼前，又有多少人能冷静客观地看待自己呢?

从这个意义上说，骗子眼中估计没有比义忆持有者更容易下手的对象了。江森不也说了，“那些家伙不会钻回忆的空子，而会钻没有回忆的空子”。

话虽如此，可留下的谜团还是很多。假如昨天那个女孩是乔装成夏凪灯花的骗子，那她何至于费此工夫搬到隔壁，来给我区区一介学生下套呢?再说了，这世上能那么容易找到跟义者一个模子里刻出来的人才吗，总不会只是为了骗我而专门整了容吧?

思考在这里走进了死胡同。当前的判断材料太少了，此时此地就给出结论还为时尚早。等我回了公寓，首先就去敲敲隔壁的门，然后好好质问一下“你到底是谁”。尽管我不觉得她会如实作答，但至少能获得一两条线索，借以弄出推断对方策略的些许眉目来。

而且我想，如果能判断她确实是骗子之流……

不给她点颜色瞧瞧可咽不下这口气啊。

*

打工结束后，我绕路去车站前的超市买了一大捧杯面。因为心想着快点回公寓，所以我看也没看除它以外的食物，然而盯着一整袋垃圾食品，心头却掠过一抹不安:这么吃下去，总有一天身体会垮的吧?不过我这种人就算吃得很健康又能怎样呢?想到这里，一切又变得无所谓了。

我的生活会如此不健康还有另一个原因。十八岁过后，任何食物在我嘴里都变得难以下咽。我的味觉没有麻痹。最接近真实感受的应该是，味觉信息和犒赏机制[1]脱节了。自那以后过了两年，如今的我甚至已想不起来所谓的“好吃”是种什么感觉。只要食物有咸味，加热过，其他的我都不在乎。

我没去看过医生，所以不知道具体原因是什么。有可能是某种心身疾病[2]，有可能是营养不良，也有可能是大脑哪个位置长了血栓或肿瘤。然而，既然目前并没有产生任何不便，我也就放任不管了。

原本我在吃饭上就没多大讲究。母亲是个对食物不感兴趣的人，据我所知，别说做饭，她甚至从来没进过厨房。撇开烹饪实操或森林夏令营这些例外，我等于从来没吃过家人亲手做的饭菜。孩童时代开始，吃现成便当或去附近快餐店解决才是家常便饭。

或许是脑中反映出了这样的过去吧，我的义忆中有好几个片段都和吃发小亲手做的家常菜有关，类似于灯花发现我老在吃垃圾食物，于是担心地说“不好好吃点正经东西可不行哦”，把我叫到她家，为我做饭一样。

我忽地意识到了一种呼应。这么说来，那张留在冰箱里的便签上面写着的，跟这句话是一模一样的——“不好好吃点正经东西可不行哦”。一字一句，分毫不差。

那个女孩果真掌握着我义忆的内容，必须警惕起来。我一边想一边再次绷紧了神经。她具备一切足以攻陷我的必要资质，很清楚用哪种策略可以有效地骗到我。

然而，就像我反复对自己说的那样，夏凪灯花这么个女孩，其实一开始就是不存在的。

---

1 注：积极正面事物的神经信号刺激大脑皮层，引导人类做出满足其特定欲望的行为。“犒赏”信号可以是物质和精神方面的，包括来自金钱和食物的刺激，或是需求和追求。文中指味觉信息无法刺激犒赏机制，从生理上无法令主人公产生正常的食欲。

2 注：由心理或精神因素引起的身体疾病。

我可不会上当。

我到达了公寓。

站在二〇二室门前，我按下门铃。

等了十秒也没有反应。

慎重起见，我又按了一次，但结果还是一样。

假如她是骗子，就应该会回应我的来访。

假如她在屋里，那为什么不出来呢?

她是打算故意折磨我，借此削弱我的判断力，还是说正在为诈骗做准备?

也不能一直堵在别人家门口，于是我决定先回自己屋子。

意识到锁开着的那个瞬间，我并没有吃惊，因为自己经常忘记锁门。

意识到灯开着的那个瞬间，我也没有吃惊，因为自己经常忘记关灯。

意识到有个穿围裙的女孩站在厨房里的那个瞬间，我仍然没有吃惊，因为经常有个女孩会为了我穿着围裙，站在厨房里——

那是义忆中的情景。

购物袋从我手中滑落，杯面在玄关滚了一地。

听到那个声音，女孩转过头来。

“你回来啦，千寻，”她脸上绽放了笑容，“身体感觉怎么样？”

跟这个私闯民宅还旁若无人地使用厨房的可疑分子面对面的时候，率先浮现在我脑海里的不是“赶快报警”“赶快抓住她”“赶快叫人”，而是“我屋里有没有放什么不方便让女孩看到的东西”。

我自己都觉得自己不正常。

然而，面前却有个比我更不正常的女孩。

屋子的主人出现了，可她既没逃跑也不解释，而是不慌不忙地尝了尝锅里食物的咸淡。调理台上摆着一排看似由她带来的调味料。

从气味判断，她好像正在做土豆炖肉。

真像是虚构故事里发小会给主角做的菜色。

“……你在干吗？”

我好不容易挤出一句话，却发现这个问题毫无意义。如我所见，她私闯民宅，正在做菜。

“我在做土豆炖肉。”她仍注视着锅里，“千寻，你喜欢吃土豆炖肉，对吧？”

“你怎么进来的？”

这个问题的答案也显而易见，想必昨晚她照顾我的时候就偷了备用钥匙吧。我屋里只放了最低限度的生活必需品，稍微找找应该就能立刻找到。

她没有回答第二个问题。

“脏衣服积了不少，我都给你洗掉了哦。还有，被子应该晒得更勤快哦。”

我往阳台一看，积了一周的衣服正迎风飘舞。

眼前一晕。

“你是……谁？”

她凝视着我。

“今天你应该没醉吧？”

“好了，快回答我，”我加重语气，“你到底是谁？”

“谁……我是灯花啊，你连发小的长相都不记得啦？”

“我没有发小。”

“那么，你怎么会知道我的名字呢？”她脸上交杂着困惑与笑意，“昨天你不是管我叫灯花了吗？”

我摇了摇头。要是被对方带跑可就完了。

深呼吸一口气之后，我斩钉截铁地说：

“夏凪灯花这个义者，是只存在于我脑中的架空人物。我好歹还分得清现实和虚构之间的界限。我不管你是不是骗子，但对我要花招是没用的。要是不希望我报警，就赶快出去。”

“……这样啊。”她微启的双唇间漏出一丝叹息。

她关掉煤气灶的火，向我走来。

我下意识地往后一仰，而她继续靠近一步，说道：

“你还是老样子呢。”

这句话是什么意思——我没能成功反问回去。

胸口堵得慌，我连一个字都说不出来。

不论表层意识如何抗拒，大脑都在更接近根源的地方产生错觉——我与五年前天各一方的最爱的发小重逢了，这份喜悦令我无可救药地颤抖着。

我是那么、那么地喜欢她，怕是稍不留神都要忍不住抱紧她。

我甚至无法把目光移开，不得不与她正面相对，凝视彼此。

极近的距离之下，她的脸莫名有一种非现实感。皮肤像人造品似的雪白，眼睛周围却泛着红，给人留下一种病态的印象。

我想，简直跟幽灵一样呢。

看着仿佛被鬼压床一般僵住身子的我，她扑哧地绽放微笑。

“没关系啦，不用勉强自己去回忆，但是，有一点希望你记得……”

说完，她轻轻拉过我的手，用自己的双手温柔地捂住它。

手是冰凉的。

“我会永远站在千寻这一边的，不论发生什么事。”

*

第二天，工作结束后我给江森打了个电话，说有事情找他商量，晚上能不能碰个头，他说十点以后有空。约好在公园会合后，我挂了电话。接着我发现，手机的通讯录一览里不知什么时候多了“夏凪灯花”的名字。那是她在照顾我之后擅自输进去的吧？我刚打算删掉它，但想着说不定回头能派上用场，便暂时放着了。

我在大学食堂内找了张位于角落的桌子学习，等待晚上的碰面。每过一个小时我就会到外面走走，慢悠悠地抽根烟。空气湿度特别大，香烟里的杂味比平时更多。食堂关门后我转移到休息室，窝在沙发上，翻阅别人扔下不要的杂志打发时间。阳光透过落地窗洒进空调不怎么冷的休息室内，以至于室内基本跟室外一样热，光是静静坐着都会直冒汗。

我决定听完江森的意见后再回公寓。跟那个女孩再次碰面之前，我想好好确定自己的立场。为此，我觉得首先需要找个信得过的人听自己说一说来龙去脉，得到一个客观的视角。

仔细一琢磨，我好像还是有生以来第一次找别人商量事情，可见那个女孩有多么令我心乱如麻。

这天，江森难得在约定的时间就出现了。或许是由于我极少给他打电话，让他担心了吧。

听完我没有重点的描述后，他说：

“将你的话归纳一下，就是这个意思吧——你本来想用‘忘川’抹去记忆，但诊所错发了‘Green Green’给你，服下之后你脑中被写入了关于‘夏凪灯花’这个架空发小的义忆。两个月后，理应不存在的她却搬到了你隔壁，还亲切地跟你打了招呼……”

“这也太荒唐了吧？”我叹了口气，“但事实就是如此。”

“好吧，我并不觉得天谷你会撒谎，应该是确有其事吧。”说完，江森咧嘴一笑，“那个姑娘可爱吗？”

“你应该知道义忆里的登场人物都是什么样的吧？”我拐弯抹角地回答。

“看来很可爱呢。”

“嗯，是吧。”

“那么，你推倒她没有？”

“怎么会，说不定是仙人跳呢。”

“是啊，我也这么想。”他表示同意，“但你最先考虑到的居然是这种可能性，说明你相当自卑啊。一般人哪会先想到这个啊？”

事实上我只是狼狈得动弹不得，可我没说出来。

“我想，这会不会是你以前提过的‘恋爱式营销’的亚种？诊所泄露了委托者的信息，这些信息流入了坏人的手中，从而被用于诈骗。”

“我还是觉得这种诈骗手法有点太绕了啦……不过也不是不可能吧。”江森赞同道，“话说回来，天谷家是不是很有钱？”

“那都是以前的事了，现在和普通家庭没什么差别。”

“骗子会如此大费周折对没什么经济能力的学生下手吗？”

“我也觉得这部分有点蹊跷。江森，你是怎么想的？除了诈骗，还能想到什么动机？”

江森喝了两口啤酒，有点顾虑似的说：

“以防万一，我问一句——天谷，你从出生到现在一次‘忘川’都没用过，对吧？”

“嗯，”我点头，“不过，假如我用过‘忘川’，那么用过‘忘川’这段记忆本身应该也会被消除掉，因而我无法断定……怎么了？”

“我想，那个女孩会不会根本就没撒谎呢？实际上你们真的是发小，有没有可能是你单方面消除了这段记忆呢？你原以为那是义忆，其实会不会是因某种契机而被唤醒的真正记忆呢？"

"怎么会呢？"

我苦笑起来，觉得江森在开玩笑。

"或者，可能单纯是你忘了而已，毕竟天谷你向来就很健忘。"

"就算我忘了，但看到脸、听到声音总该想得起来啊。"

"……不过啊，我说的可是万一。万一，真的出现了这种情况呢？"

江森压低了声调。

"那个姑娘未免就太可怜了吧。"

我又笑了。

他却没笑。

我那空洞的笑声在公园里回荡，然后被吸进了暗夜里。

接下来的一段时间，我们都默默喝着酒。

这时的气氛很一言难尽。

"总而言之，"江森重启话题，"你可别被感情牵着鼻子走，往什么奇怪的书面材料上盖章哦。"

"不会啦。"

"你也别打算装作被骗来观察对方的动向，因为有可能到时候你自己都分不清什么是演技，什么是真心。"

"行，我会小心的。"

喝光带来的罐装啤酒后，我向江森道谢，和他告别。

分开的当口，我仿佛听到江森自言自语般地嘟囔着：

"原来如此，是'Green Green'啊……"

回到公寓已是凌晨一点多，万籁俱寂，几只小飞蛾正围着走廊的灯无声地拍着翅膀。

屋子的门锁着，灯也暗着。轻轻开门进屋，没看到女孩的身影，我放下了心头大石，推开窗户把积在屋里的热气放出去后，叼起烟并点上火。

女孩放着的锅不见了。把她从屋里赶出去以后，我一点也没碰过她做的菜。大概那之后她又拿着备用钥匙不请自来，把锅端回去了吧。

不测接踵而来，完全麻痹了我的头脑。其实好好想想，这都可以报警了，毕竟有个陌生人偷了我的备用钥匙，反复私闯民宅。

然而，目前我还不想依靠警察，他们解决问题时不一定会揭露出真相。要是在判明女孩的真面目之前就平息了事态，那么我这一辈子都会陷入找不到答案的自问自答中。她的目的是什么？为什么会知道我义忆的内容？怎么会和夏凪灯花长得那么像？

“没关系啦，不用勉强自己去回忆。”

说不定，她真是我的旧识呢？

无论事实有多么荒谬，只要留有百分之一的疑问，那就是我输了。

这阵子，她大概又会来找事儿吧？到时我得巧妙地套出她的话，揭穿她的真正目的。

确定好应对方针后，我正准备往茶壶里灌水，只听见咔嚓一声，门锁开了。

这就来了吗？我摆好了架势，放下茶壶，将香烟往烟灰缸里按灭。

我不屑地想着，好歹都第三回了，自己应该能冷静应对了吧。

然而，扭头往玄关望去时，她的打扮令我整个人都僵住了。

“啊，你又要吃些不健康的东西了。”看到调理台上的杯面，她愕然地说。

纯白的睡衣——这身打扮本身并无稀奇之处。虽然在深夜造访陌生人家时，这么穿确实太大意了，但从她扮演的角色来看倒也没什么不自然，所以睡衣本身不值得我惊讶。

问题在于，这套睡衣的设计和夏凪灯花住院时穿的那套十分相似。

眼前的她，和义忆中的夏凪灯花重叠到了一起。一切都比真正的记忆更加生动逼真，那天病房里的空气，从睡衣的领口窥见的锁骨，还有微弱的嗓音，记忆全部复苏了。

我的胸口深处开始毫无缘由地抽疼，全身的细胞都在躁动。

这个女孩果然知道怎么做才能有效地撼动我的心。

她脱下凉鞋走进屋里，站在我身旁。那凉冰冰的瘦弱上臂碰到了我的手肘，我像触电似的赶快把手肘收进来。

“好吧，无所谓啦，反正我也正好有点饿了。你啊，也帮我做一份吧。”

我暂且抛开所有感情，正面朝向她，然后试图回想起当初的方针。

对，套出她的话。

“昨天的事情还没说完呢……”我开口道。

“什么什么？”她抬高视线盯着我。

视线条件反射般地游离，我强迫自己集中注意力，目不转睛地看着她问：

“你说‘不用勉强自己去回忆’，是什么意思？”

她微笑起来，仿佛在说“什么啦，原来是这种问题啊”。

然后，她又用教导小朋友般的口吻说：

“‘不用勉强自己去回忆’的意思呢，就是‘不用勉强自己去回忆’的意思啦。”

和夏凪灯花的惯用措辞毫无二致，义忆中的她就特别喜欢这种让人云里雾里的表达方式。“为什么说和千寻在一起就好呢？因为和千寻在一起就好呀。”

回忆起那无中生有的过去后，怀念之情令我忍不住要露出微笑，我拼命控制住这股势头，向她表明了自己的不信任。

“反正就是虚张声势咯？你以为只要堆砌一些装模作样的辞藻，我就会如你所愿地会错意，是吧？”

我故意挑衅她。这么一来，为了博得我的信任，她或许就会打出下一张牌。说得越多，谎话就越多;而谎话越多，漏洞也就越多。这就是我的策略。

然而，她并没有理会我的挑衅，只是略显凄凉地笑了笑，说道：

“你现在这么想也没关系啦。发小的事情也是，要是你无法相信，那么不信也罢。只要你记得我会站在你那一边，就足够了。”

说完，她往茶壶里又加入一人份的水，放在煤气灶上烧了起来。

看上去，普通的手段是行不通的。她像个十足的骗子，非常懂得前进的分寸和收手的时机。

再怎么从这条线下手，也指望不上什么成果，我决定另辟蹊径瓦解敌阵。

“或许你不知道，其实我获得义忆并非出于自身的意愿。原本，我是想用‘忘川’来忘掉过去的，只是诊所出了差错，给我送来了‘Green Green’。”

“嗯，我知道你会这么解释。”她点点头，一脸知晓内情的样子，“然后呢？”

“和一般的持有者不同，我并不执着于义忆。所以，我对义忆里登场的夏凪灯花没有任何兴趣。要是你以为能借她的名字来博得我的好感，那可就大错特错了。”

她用鼻子发出一声轻笑，说道：

“骗人。前天你喝醉酒回来的时候，明明黏我黏得不行。”

黏她?

我立刻回想了一下，可怎么也想不起进屋之后的事。和她不期而遇，交谈了几句，而自己经过怎样的步骤才钻进了被窝，这部分记忆整个从我大脑里脱落了。

然而，黏着别人——而且还是同岁的女孩——我怎样都不觉得自己敢这么胆大包天。醉得再不省人事，人格本质上是不会变的。除非具备另一重人格，否则我不可能干得出这种事吧？

搞不好这也是在虚张声势，或者干脆说，这只是个性质恶劣的玩笑。

"我可不记得。"我一口咬定，但声音里透出了深深的不安。

"是吗，两天前的事情就不记得啦？"她并没有钻我的空子，只是露出一抹浅笑，"不管怎么说，你还是少喝几杯比较好哦。"

茶壶里冒出了热气。她关掉灶上的火，把开水冲进两个杯面里，还没等我逐客，就捧着自己那份回了隔壁的屋子，只留下一句"晚安，千寻"。

这一页就这样被她轻巧地翻过了。

*

在离老家最近的车站下车的瞬间，我心里已满是打道回府的情绪，好想立刻跳上对面的列车回公寓，早一秒离开都好。而尽管整个身体都在表达抗拒，但来都来了，总不能空手而归。我也把这次回家当成是精神锻炼，强行让自己振作起来。

我并不讨厌这座城镇本身。现在回想起来，我仍然觉得它非常宜居。这是一座建在丘陵地带、人口近两万的新城，通往市中心的交通十分便捷，公共设施和商业设施也非常齐备。居民基本上是中产阶级，不爱纷争，性格平和。市里绿化覆盖率高，景色优美。对追求新鲜刺激的年轻人来说或许有那么一点乏味，但很适合孩子们度过健康的少年时代。

我并没有什么痛苦的回忆。诚然，我是个孤独的少年，可我从未因此被周围人排挤（至少在我自身的认知范围内是这样）。不知这是我们这一代人特有的性格倾向，还是仅仅因为周围人恰好都是如此，我的学校里没有什么大组织，只有如孤岛般零散分布的、三四人一簇的小群体。就算其中也有分个人好恶，但在这种环境下都不足以产生所谓的同侪压力吧。

不，撇开这些缘由，我觉得只是因为“乖孩子”太多了。正是因为离开了老家，如今的我才注意到，其实那座城镇里有太多完美到甚至有点异常的孩子。理由不得而知，或许是当地的风土吸引了这类人吧。

我对这座城镇没有不满。我不满的，是曾生活在这里的自己。老天为我准备了这么一个得天独厚的舞台，可我却没能留下一点点美好的回忆。这让我深深地感受到自己的不中用，太痛苦了。

城镇是完整的，只有我是不完整的。

回老家的路上，到处都能看见自己过去的身影。六岁的我、十岁的我、十二岁的我以及十五岁的我，都保持着当时的样子。他们同样面无表情地仰望天空，固执地等待着某些事件的发生来改变自己。

然而，结果什么也没有发生。二十岁的我很清楚这一点。

快点办完事回去吧，趁我还没被十八年的空白压垮。

回家的契机来自江森的询问。

“以防万一，我问一句——天谷，你从出生到现在一次‘忘川’都没用过，对吧？”

我一直认为理应如此。然而，仔细一想却发现并无确证。

“忘川”的可选消除事项中包括“忘记使用过‘忘川’这件事本身”，诊所强烈推荐我加上这个选择，毕竟如果不这么做，人就会永远抱着“我用‘忘川’是为了忘记了什么？”这个疑问。

因此，虽说我没有这段记忆，但也无法就此断定自己没用过“忘川”。尽管我的父母秉持着“儿童不需要义忆”这种观念，但现在想想，我还从来没听他们提起过对抹去记忆的见解。在他们的教育方针之下，“忘川”可被作为特例使用，这种可能性并不为零。

我来到了自家门前。这座拥有二十年房龄、毫无个性的独栋楼房孤零零地坐落于住宅区一角——它就是生我养我的老家。我姑且按了一下门铃，但无人应答。那是当然的，母亲很久以前就离开家了，而这个时间，父亲也正在上班。

打开门进入家中，令人怀念的气味扑鼻而来。不过，我也并未泛起什么伤感情绪，唯独打道回府的念头越发迫切。对现在的我来说，“家”指的不是老家，而是那间六叠大[1]的屋子。

我踩着嘎吱作响的楼梯上到二楼，走进以前自己的房间。果然，房间还保留着我离家时的样子。到处都落满了灰，我在开始办事前先拉开窗帘，开窗通风。

万一，夏凪灯花这个旧识是真实存在的。

关于她的蛛丝马迹如果真实存在，那么一切只会留在我老家的房间里吧。

怀着这种想法回来倒也罢了，但还有一件事悬在我的心头。记忆若是正确的，我在离开老家的时候应该已经把自己的东西全部处理干净了。高中毕业后到搬家前那段时间我忙得晕头转向，根本不记得扔了些什么，留了些什么。说不定，能判别以往人际关系的东西已经被我一个不剩地丢光了。

在房间里搜了一圈，如我所料，毕业相册扑了个空。小学、初中、高中共三本，一本都找不到了。也是，对于想要忘记过去的人来说，没有什么比那些东西更碍眼了。当然，毕业文集和集体照之类的东西也都处理掉了。剩下的只有英日辞典、台灯和笔筒之类的东西。

别说是夏凪灯花的蛛丝马迹了，甚至连我自己的蛛丝马迹都从这

1 注：约 9.72 平方米。

个房间里消失了。回顾这股彻底劲儿，说是清理到连根头发都不剩，我也毫不惊讶。

要是去拜访一下初中，学校会给我看毕业那年的相册或学生名册吗？恐怕会以保护隐私为由拒绝我吧。要是能找到当时的同学，向对方借本相册就最好了，但对于初中时代没有一个朋友的我来说，这条路也行不通。别提联系方式了，我连同学的名字都记得不太清楚。

搜索工作转眼结束，没什么能做的了。我在积了一层薄灰的地板上躺成一个“大”字，静听着蝉鸣声。西斜的阳光射入窗户，在墙壁上画出一个压扁的橙色四边形，洞开的衣橱里飘出刺鼻的防虫剂气味，这些都让我联想起季节的更替。

而事实上，现在正值盛夏——八月十二日。梅雨应该早就过去了，但反复无常的天气仍在继续。

“千寻，你回来了？”

楼下有人叫我的名字。是父亲的声音。

原来我在不知不觉中睡着了。因为躺在地板上，所以全身的关节都很酸痛。

我爬起身擦了擦额头的汗。此时门打开了，父亲的脸探了进来。

“你在干吗？”

看到一年半未见的儿子，父亲的语调十分冷淡。

“我只是回来拿东西。马上就走。”

“屋里看上去并没有什么值得特意来拿的东西。”

“是啊，里面什么都没有。”

父亲耸耸肩并摆出一脸不高兴奉陪的表情，当他正要离开时，我叫住了他。

“保险起见，有件事我想问一下。”

“什么事？”父亲慢慢地扭过头。

“你们对我用过‘忘川’吗？”

几秒的沉默。

“没有，”父亲断言道，“那不符合我们的教育方针。”

也就是说，他心中把移植义忆和抹去记忆都归为了一类。

“那么，你听过‘夏凪灯花’这个名字没有？”

“‘夏凪灯花’？”父亲像念珍稀花名一样说出了这个名字，“没听过啊，是你的熟人吗？”

“不，你没听过就算了。”

“喂，我可回答了你的问题啊，好歹解释一下吧。”

“叫这名字的人给我寄来一封信，假冒我以前的同学。我觉得大概是某种骗术，但因为实在不怎么相信自己的记忆力，所以想保险起见，验证一番。”

这是我事先想好的谎话——把从江森那里听来的故事稍稍改编了一下。

“保险起见啊，”父亲用右手摸了摸络腮胡，“原来你是这么一板一眼的人？”

“可不是吗，很像你们呢。”

父亲笑着下了楼，大概会接着去喝酒吧。一边喝威士忌一边回想义忆，是他人生中唯一的乐趣。

沉浸在架空的回忆时，父亲会露出十分平和的表情。那是从未对妻子和儿子展现过的，饱含慈爱的神情。我推测，要是在现实中得到了满足，他应该已经变成一个好丈夫、好爸爸了吧？

在玄关穿鞋时，父亲不知何时站到了我背后。他一手握着加了冰的威士忌的酒杯，一手拿着张折了两折的纸片。

“听你提到信，我想起来了，”似乎已经酒过三巡了，父亲整张脸都泛着红光，“有一封给你的信。”

“给我的？”

“嗯，不过应该是很早的信了。”

父亲把信扔了过来。我捡起掉在面前的纸片，将其展开。

接着，我便被推入了混乱的旋涡中。

到这里来，果然是正确的。

“去年冬天我弄脏了大衣，就借你的大衣穿了一阵，然后在内袋里发现了这封信。虽然你多半会说不要了，但就这么扔掉，写信的人也太可怜了，所以我暂且留了下来。”

“没有的事，”我一边把信折好一边说，“真是帮大忙了，谢谢你特地留下来。”

父亲喝了一口威士忌，连句告别的话也没说，便返回了起居室里。

走出家门后，我再次打开了这封寄信人没有留名的信。

上面写着这样的内容：

“能遇见千寻我很幸福，再见。”

*

在返程的电车上，我用手机查了查购买义忆的诊所。

输入诊所名一查，三个月前还在的网页竟然从搜索结果中消失了。我还以为是打错了名字，但从钱包里拿出就诊卡一看，并没有发现什么问题。

就诊卡上印着诊所的电话号码。出诊时间快结束了，为了打电话，我就近下了车，然后在站台的长椅坐下，逐一按下号码，生怕出错。

没有回铃音。

“您所拨打的电话是空号，请您确认后再次尝试。”

我换了关键词重新搜索了几次，得知这间诊所在两个月前关门了。然而不管怎么查，除了“关门”以外就没有更多内容了。社区公告板上只有这么一则信息。

我放弃搜索，乘下一班电车回到了公寓。

*

她正在被窝里睡觉。当然，不是她的被窝而是我的被窝。她穿着先前那件纯白睡衣，蜷缩着身体，呼吸均匀。

看她的样子，怕是叫也叫不醒，于是我小心翼翼地摇了摇她的肩。为什么我这个屋主得这么小心翼翼地对待入侵者呢？再这么客气下去，她岂不是要蹬鼻子上脸了？想是这么想，可我实在没胆子把她揍醒。

摇了三次以后，她睁开了眼睛。看到我的脸，她很开心地说了句“啊，你回来啦”，然后坐起身，伸了个小懒腰。

“刚晒过的被子就是舒服呀。”

我低下头默默地看了她一会儿。

那封信，到底是谁写的呢？

我留在老家的大衣只有念初中时穿过的粗呢大衣，最后一次穿那件大衣是在初三的毕业典礼上。这么说来，内袋里那封信应该是十五岁的冬天被放进去的吧。

然而在初中时，我身边并不存在会写那种信给我的亲密对象。是谁的恶作剧吗？可反过来讲，这封信也太自说自话了。假如是恶作剧，内容应该更倾向于引起我的反应才对，比如说把我约到校舍后面，或者写上寄信人的名字。

我在脑中将信的笔迹和冰箱中那张便条的笔迹做了番对比。要说像，倒也像;要说不像，倒也不像。再说了，笔迹这种东西，从十五岁到二十岁多少会有点变化吧。

“你怎么了？”见我一言不发，她微微歪了歪脑袋。

这个举动果然也像极了义忆中的夏凪灯花。

“……你只是单方面声称我们两人是发小吧？”

“嗯，因为我们就是发小呀。”

“我父亲说他从来没听过‘夏凪灯花’这个名字，这种情况你要怎么解释？”

“那不是说明，我和千寻的父亲两人里有一人撒了谎吗？”她立刻答道,“你父亲是个诚实的人吗？”

我不禁支吾起来。

听她这么一说我才反应过来，自己完全无法保证父亲说了实话。热爱搜集虚假事物的父亲同样也是热爱散播虚假信息的人。他既会说无意义的谎，也会说有意义的谎;既会为了自我辩护而说谎，也会为了否定他人而说谎。

那个家庭就是由谎言堆砌起来的，这要我怎么相信领头的父亲所说的话呢?

“你忘记了好多事呢。”

那个自称为我的发小的女孩缓缓地站了起来，缩短了和我的距离。

“不过呢，说不定那是因为你需要忘记。”

像这样面对面时我又意识到，我们的身高差比起十五岁时又扩大了一些，这一点从她仰头看我时面部角度的细微变化便能发现。和那时相比，她的体态变得更有女性特征了，可身上仍旧没什么赘肉。有一瞬我还在想，在现在的体型差异之下，说不定我能比那时更轻易地抱起她吧——

不。那不是我的过去。

“你倒是说说看啊，我忘记了什么？”

她的面孔蒙上了一层阴霾，说道：“现在我不能告诉千寻呢，因为我觉得你还没有准备好。”

“你不就是想这样蒙混过关吗？既然你说我忘掉了什么东西，那起码得拿出一项证据——”而我没能继续说下去。

“千寻。”她把脸埋进我的胸口，喃喃道。

纤细的手指怜爱地抚着我的脊背。

“慢慢来就好。一点点，一点点地去回忆吧。”

像是有一股灼热的液体从耳孔流进体内似的，大脑中央止不住地颤抖。

我条件反射般地推开了她。失去平衡的她一屁股坐在被窝上，略微吃惊地仰望着我。

我居然首先感到了放心——太好了，她倒下的地方有床被子。

把涌到喉头的“不好意思，你没事吧”硬吞下去后，我说：“……你给我走。”

罪恶感作祟，我的措辞颇不硬气。

“嗯，知道了。”

她直率地点点头，像丝毫不计较被我推倒在地似的，露出了天真的微笑。

“我会再来的哦，晚安。”

她回到隔壁屋子之后，屋里被死寂包围。

为了消除她残留的气息，我叼上一根烟，因为找不到打火机，所以去厨房用煤气灶点了火。这时，我发现调理台上有个包着保鲜膜的盘子，里面是浇上了多蜜酱汁的蛋包饭，还有点温热。

犹豫几秒后，我把蛋包饭倒进了废纸篓。

这倒也不是防对方下药，顶多是为了表明态度。

抽完烟，我翻了翻抽屉深处，为揭穿那骗子稍微做了点小手脚。然后，我倒了半杯冰过的琴酒，没加水和冰块便直接喝了下去；刷个牙洗把脸，关灯，钻进了被窝。闭上眼睛后，我闻到了些许她的气味，又爬起身来将枕头翻了个面才再次躺下。当然，这也是无法去掉她那抹余香的。那晚，我做了个和夏凪灯花一起午睡的梦。

她房里的冷气温度开得很低，年幼的我们如同要好的双胞胎兄妹一样彼此依偎在一起。拉着窗帘的房间很昏暗，充满不同于夜晚的静谧。工作日的住宅区静得出奇，除了楼下摇曳的风铃发出声响，其余什么都听不到。这个平和而宁静的夏日午后不由得让我们遐想，自己之外的人类是不是都灭绝了呢？

04

雪白雪白的呢

まっしろですね

对于没有阅读习惯的我来说，去图书馆就等于待在学校图书馆，而它也相当于我的避难所。从小学到高中，图书馆既算是避难所，也算是拘留所。

那些无法融入班级、在教室失去容身之处的学生首先会逃去图书馆，在图书馆失去容身之处的学生会逃去保健室，而在保健室也失去容身之处的学生则会成为“家里蹲”。这相当于从拘留所到看守所，再从看守所到监狱。尽管也有不少学生选择突然不来上学，但大部分不适应学校生活的人都会经历这样一个逐步掉队的过程，而他们之中的绝大多数都不会再回到教室了。

一半以上“图书馆里蹲”的学生会在几周内返回教室，极少一部分人会沦落为“保健室里蹲”，而能从那里爬出来的就十分稀有了。几乎没多少人能在图书馆里待上几个月的，除非是如今被称为濒危物种的纯正书虫，或是我这种太过适应图书馆氛围的离奇人类。

在初中和高中时代，漫长的午休时间我大多是在图书馆度过的。然而，我却不记得自己曾抽出什么书翻看过。要么学习，要么午睡，只有二选一。

虽说对书这种东西没兴趣也是原因之一，但更大的原因在于我想时常提醒自己，你不是图书馆的正常读者。我是想看书才来这里的，不像你们是从教室逃过来的——有些家伙喜欢捧着本艰深的书摆出这么一副面孔，而我可不想与他们为伍（不过现在想来，我和他们的所作所为在本质上是一样的）。

原本我和图书馆仅有这么一层关系，唯独今天，我怀着正当的动机造访了县图书馆。我不是为了借书——虽然说不定最后确实会借，但在那之前，我想先试着做某件事情。

我在前台提交了图书证，办理了使用数据库的手续。借用这里的终端能够登入医学类的商用数据库，我舍近求远到县图书馆而非临近的市图书馆[1]，为的就是这个。最近几年，关于义忆的研究突飞猛进，所以我想了解一下刊登在学术期刊上的前沿资讯。

以前我来这里调查过“忘川”的安全性，这次则是为了调查移植义忆导致的记忆混乱现象。

更具体地说，我想知道人类是否会将事实误以为是义忆，是否有可能将真实存在的青春时代当成“Green Green”的产物。

我并非相信那个女孩所说的话。可是，反省昨晚自己那番犹豫不决的态度之后，我无法否认自己在内心某处仍愿意相信“真实存在论”这个假设。如果我真的觉得她是个骗子，应该不会如此心慌意乱。

我想找到一项确凿的证据，确认义忆终究只是义忆，不可能与现实有关。否则，总有一天我会陷入她的圈套吧。

不，让我陷入圈套的不是别人，正是我自己。希望她说的是真的，希望夏凪灯花是真实存在的，这些愿望自发地引起了我的记忆混乱。

我必须从根源斩断天真的期待。

我在搜索框里输入了几个关键词，将看起来有阅读价值的资料悉数打印出来。漫不经心地操作了一个小时左右，大致浏览了一下标题后，我拿着打印出来的文献去了阅览室，然后花了半天时间将所有文献通读了一遍。

我倒是找到了几个情况相反的案例。将义忆中发生的事误以为是现实的案例似乎并不少见。说到底，人类就是只愿意相信自己想相信的事情。承受不了真相的时候，人们会扭曲自己的认知，毕竟这样可

---

1 注：日本实行“都道府县”的行政区域划分，“县”属第一级行政区划，相当于中国的省。

比改变现实要方便多了。

而另一方面，我怎么找也找不到将现实中发生的事误以为是义忆的案例。我放心了，这下算是先摘除了一株不安的幼芽。也许调查方法不太科学，但只要知道这种症状并非主流，也算是有较大收获了。

我重重地吐了口气，靠上椅背，才发现窗外已是黑漆漆一片，馆内的读者比白天少了一半。我把文献塞进包里，轻轻揉了揉眼睛后站起身。

穿过正面玄关的自动门再迈出两步，浓郁的夏夜气味突然袭来。一瞬间我头晕目眩，或许是因为大脑来不及处理那股气味所唤起的联想吧。整整十九年的夏季记忆气势汹汹地涌现，我陷入重围。

夏夜的气味散发着记忆的芬芳，每当夏季到来时我都会这么想。

目前恰好是下班高峰期，车厢内的上班族和学生挤得摩肩接踵。虽说小城镇的上下班高峰期也就那么回事，但在这个密闭空间里，乘客们穿着吸饱了一整天汗水的衬衫挤车，着实令我的情绪降到了冰点。

我稍稍用力抓着吊环，茫然地望着车窗外流动的街灯。每过五分钟左右，一波昏昏欲睡的冲动就会袭来，过度疲劳的眼睛就像熬过通宵一样迷迷糊糊的。不过，这些劳力花得都很值得，今晚我应该能毅然决然地面对那个骗子了。

过弯道时电车猛烈地晃了一下，旁边的中年男人没有站稳便撞上我的肩头。我暗暗投去谴责的目光，可对方并没有显露出丝毫歉意，而是沉湎于手中那本醒目的八卦杂志中。

我装作被另一边的乘客挤回来的样子，偷偷瞄了一眼那个男人正在看的报道。

我先入为主地认为，他看的肯定是一些无聊透顶的报道。

最先进入眼帘的是反白的标题。

误把妻子当作义者的男人

我的睡意瞬间飞到九霄云外。

我忍住想当场搭话的冲动，等待男人下车。在我目的地的前一站，男人下车了。于是我跟上去，走出检票口后又叫住了他：

“不好意思。”

男人回过头。几秒后，他似乎意识到我是车厢内站在他旁边的乘客。

“有什么事吗？”他一改刚才傲慢的态度，怯生生地问。

“请问，刚才你在看的那本杂志……”

我原本是想问杂志名称的。“啊，有什么问题吗？”男人说着便抽出夹在腋下的杂志递给我，“反正我也要扔掉的，给你好了。”

我谢过他，接下了杂志。男人将拎包换到腾出来的那只手上，匆匆忙忙地离开了。

我再次穿过检票口，在站台那褪色的长椅上坐下并翻开杂志，很快就找到了报道。内容不多，半个版面都没有，却有着比今天在图书馆看过的那几十篇文献都要有用的信息。

故事的主人公是个年纪轻轻就失去了妻子的男人。

妻子在男人面前丧命，而且是以一种极其凄惨的死法离开人世的。像是被践踏了生而为人的尊严那般，她临终的样子惨不忍睹，见到的人甚至很难回忆起生前的她是什么模样的。妻子停止呼吸的下一个瞬间，男人便下定决心购买“忘川”。恐怕他的妻子也不愿以这种形式留在他的记忆中吧。

光抹去悲伤的记忆还不行。仅仅忘却妻子临终的样子是非常突兀的，他肯定会觉得别扭，而总有一天会想找回那段记忆吧。从邂逅妻子开始到离别的一切，要忘的话就得忘得干净彻底。

男人服下了“忘川”。药物奏效后，他失去了关于妻子的全部记忆。

然而，即使记忆消失了，那仿佛被砍去一半身体的失落感也依然在他胸中萦绕。而他也无心考虑再婚（尽管他觉得自己从未结过婚），因为那种害怕失去伴侣的恐惧感和失落感一样，已深深地刻在了他的脑中。

于是男人做出了一个选择——使用“蜜月”，也就是植入架空婚姻生活的义忆。在诊所接受咨询后一个月，他收到了以他的潜在愿望为基础制成的“蜜月”。“蜜月”圆满地填上了他心中的那个空洞。实在是不得不敬佩义忆技师的手艺，那才正是我所追求的回忆啊。男人深爱着架空妻子登场的记忆，从中获得了内心的安宁。

可是没过多久，他开始饱受噩梦的折磨。虽想不起梦的内容，但他明白自己总在做同一个梦。那梦像是集中了整个世界的恶意，醒来时的他总发现枕头被眼泪打湿了一片。

过了两年他才知道，他以为是义忆的记忆，实际上就是他真实的过去。那天他喝下的并不是“蜜月”，而是“纪念物”。那些纳米机器人并非用于植入义忆，而是为了唤醒被抹去的记忆。原因是诊所开错了处方，把这个男人跟与他名字特别相似的另一位委托者弄混了。他以为是架空妻子的那个对象，其实就是已故的真正妻子。

他不幸地回忆起了一切，但很遗憾的是，报道中并未提及之后男人是否再次服用了“忘川”。

我把报道反复看了三遍，抬起了头。十分钟后进站的电车空荡荡的，乘客们都沉着一张疲惫的脸。我在长座椅的角落坐下，闭上眼睛整理思路。

报道的内容不一定就是事实，说不定只是作者编出来的鬼话。

然而，那种情况确实也有可能出现。“纪念物”对记忆的修复并不完整，要是人不记得“消除过记忆”这件事本身，只想起了核心内容，那倒会更自然地误以为它是义忆吧？

我被迫回到了起点，不，或许比起点更糟。我打算跳进这个最新浮现在脑海里的梦幻假设之中。原以为是“Green Green”产物的义忆，其真面目是经“纪念物”修复的真实过去，只是在“忘川”的作用下被暂时冻结了而已。那些美好的日子并非虚构，夏凪灯花这个发小也是真实存在的——这种可能性让我心潮澎湃。

*

没有阅读习惯的我也没有听音乐的习惯，顶多会在失眠的夜里偶尔听听广播里的音乐节目。我一次也没有在音乐上花过钱，因此对什么是流行曲、经典曲一无所知。

然而，唯独这首歌的名字我立刻就能回忆起来。

今天，她也在屋里等着我，一边在厨房里盛菜，一边哼着歌。

那是首夏凪灯花经常会哼唱的老歌。她的父亲爱好收集唱片，受此影响，她也对老歌非常熟悉。

令人怀念的旋律刺激了义忆。

我闻到了旧书的芳香。

“小时候，我根本不懂歌词的意思。”

唱针升起来之后，灯花说。

“曲调明快的话，我就肯定会觉得那是首明快的歌。然而能读懂一些英文以后再去看歌词，还真吓了一跳呢，原来我一直都把那么消极的歌挂在嘴边啊。”

这里是灯花父亲的书房。空闲的时候或是学习学累了的时候，她常常会带着我溜到这里来，然后用执行某种严肃仪式般的手势把唱片摆上唱机，一脸骄傲地放给我听。

我对音乐没什么兴趣，却很喜欢与灯花一起在书房里度过的时光。房间非常狭小，而且才放了一把椅子，所以我们只能身子挨着身子坐在地板上。虽然进入青春期后我们彼此间会保持一定距离，但在书房里的时光是两人唯一能黏在一起的特例。实际上，音乐对她来说也是次要的，好几回她都没注意到连续两天放了同一张唱片。

因此，她的一句“听唱片吧”，在我听来有着字面以外的暗示——“我能再靠过去一点吗”或是“好想和你单独在一起啊”之类惹人怜爱的善意都浓缩到了这几个字里。

必然的，我喜欢上了书房里的所有东西。旧书、黑胶唱片、地球仪、沙漏、座钟、镇纸、相框、伏特加酒瓶（我记得牌子叫西伯利亚癔症[1]）。它们以书房为媒介，与灯花的体温和肌肤的触感联结到了一起。

她哼唱的那些歌，我大抵也都会哼了。两人在一起，话题聊完了的时候，我们常会不约而同地一起唱起歌来。

“那首歌的歌词是什么？”我问。其实我根本不关心歌词，只是为了能留在书房里久一点，尽量拖延时间。

灯花像是盯着作弊的小抄那样凝视着空间中的一点看了几秒，然后回答：

“姑娘在自己身边时会觉得她很烦人，但看到她被其他男人抢走时男主人公又想起了她的迷人，于是哀叹‘求你了，快回来吧’‘再给我一次机会吧’。就是这么一首歌。”

“‘放跑的鱼总是更肥美’的感觉？”

“就是这样吧。”她点点头，停了一会儿又加了一句，“所以，千寻你最好也注意一点。”

“我吗？”

1 注：出自《国境以南 太阳以西》，是作者村上春树虚构的一种精神疾病。

“意思就是，哪怕觉得我烦人也不能不管不顾哦。”

“我倒是没觉得你烦人。”

“这样哦……”

让人捉摸不透的沉默持续了一会儿。在我寻找下一个话题时，灯花突然毫无预警地倚靠过来，将自己的重心压在我身上，像个喝高的醉鬼一样嘿嘿地笑起来。

“你这样，说不定算是有点烦人了。”我掩盖着自己的害羞。

“不许抱怨，”灯花责备道，“不然我会被其他男人抢走哦。”

我乖乖地答应了她。

哼唱停止，我的意识几乎在同一瞬间被拉回现实。

“你回来啦。”她扭过头，“听我说啊，千寻，我对今天的菜还挺有自信的。一口也好，希望你能尝尝呀。”

我的眼睛半天都找不到焦点，她的身影模糊一片。

脑中响起某个坚硬零件脱落的声音。

“千寻？”

我用伸出的手抓住了她瘦弱的肩膀，下一个瞬间推倒了她。背部撞在地板上，她发出轻微的声音。我直奔主题。

我在她裤子的口袋里找到了钥匙，确认那不是她屋子的钥匙而是自己屋子的钥匙后才放开了她。

她直起身，轻轻地嘟哝了一句“吓死我了”，也没整一整凌乱的衣服，只是呆呆地仰望着我。

我指着门说：“出去。”

她晃晃悠悠地站起来，穿上鞋走到门前，将手搭上门把后，又像改变主意似的朝我问道：“……你无论如何都不愿意相信我吗？”

恰好相反，我心想。

正因为一放松就会忍不住相信你，所以自己才更要下狠心。

见我不回答，她伤心地笑了笑，随后再次背对我，准备走出屋子。

“等等。”

听到我的呼喊，她转过身来。我端来那个装着菜的盘子，上面盛满了色彩丰富的水煮夏季蔬菜，用心程度几乎有点神经质了。

“啊。”她轻轻低呼了一声。

我的手一歪，她亲自做的菜就被吸进了废纸篓。

将空盘子伸到她面前后，我说：“还有这个呢。”

她不动声色地盯着废纸篓，然后一言不发地接过盘子，静静地关上门走了出去。

第一次赢了她。我向她证明自己已经摆脱了诱惑，抵制了名为“夏凪灯花”的幻想。然而，已报一箭之仇也没能让我快活起来。倒不如说随着时间流逝，我的情绪越发低落。我从冰箱的冷冻室取出琴酒并将它倒进玻璃杯，两口就喝干了，之后便躺在榻榻米上仰望天花板，等待酒精冲走那不可名状的不快感。

我千头万绪、思路混乱，但在抽丝剥茧的过程中，脑中突然闪过了一个念头。我一个鲤鱼打挺跳起来，打开了矮桌上的笔记本电脑。

*

我怎么会看漏了那么基本的东西呢？

我的生活实在太过脱离尘世，以至于完全忘记了它的存在——这世上有种叫社交平台的东西，哪怕不知道电话号码或电子邮箱，也能通过名字或出生地找到熟人。

只要有了它，就能轻松地和初中同学取得联系了吧？不仅能问到当时的事，说不定还能让对方借我看看毕业相册。虽说让我主动去跟几乎未曾有过交流的同班同学搭话，光是想想就快要打退堂鼓了，但如果能借此获得“夏凪灯花并非真实存在”的确凿证据，那就没有不这么做的理由。

我在最大的社交平台上注册了账号，搜索了母校的校名。进一步缩小就读时期后，有印象的人名便一个个跳了出来。

我条件反射般地感到窒息。在初中教室里飘散的空气像是穿过屏幕般流入了我的屋子。不过那只是一瞬的幻觉，起伏的情绪很快就镇定下来。我已经不是初中生了，而且今后的人生也不会再和他们有所联系，除了接下来要联系的这个人。

我找到了八个同班同学，六个女生，两个男生。我一一浏览他们的帖子，一一窥视他们的人生。我知道这么做毫无意义，但我不得不这么做。

他们过着各色各样的人生：有去国外留学的，有已经工作得得心应手的，有拿到奖学金正在念名牌大学的，有通过非营利组织开展援助孤儿志愿活动的，还有跟同学在求学期间就结婚的。

他们分享着各色各样的照片：有与众多朋友一起烧烤的，有穿着浴衣跟恋人肩并肩的，有和社团成员去海边玩耍的，有抱着刚出生不久的宝宝的，还有我没参加的同学会的集体照。

我再次感到自己那空洞的人生被推到了眼前，但内心却没有产生类似嫉妒的情绪。对在地上爬的人来说，根本就不会关心云上之人要干些什么。境遇判若云泥，反倒没了攀比的欲望。

我点击了最后一人的账号。几朵高岭之花中，混进了一朵路边的野花。这人上传的照片都惨兮兮的，没一张拍了人。近况描述也颇为平淡，“在周围人的怂恿下弄了个账号，可没什么能写的”——帖子中的每个字都渗透着这种感觉。再往上翻了翻，我发现她就住在邻镇。

我再次查看了一下账号的登录名——桐本希美。哦，是桐本希美啊，我能理解了。尽管我基本上想不起她的长相和声音了，但和其他同学相比，她的名字给我留下的印象还是稍微清晰一些，大概因为我们三年都在同一个班吧。其实也不仅如此，因为至今遇到的人之中，只有为数不多的几个令我产生过同族意识，而桐本希美则是其中之一。

她曾是图书馆的居民。跟我这种来馆之意不在书的“图书馆里蹲”不同，她是个纯粹的书迷。从初一春季到初三冬季，她一门心思天天往图书馆跑，带着看遍馆中所有藏书的劲头贪婪地追逐着文字。光午休还不够，课间或放学后只要瞅着空子，她就会翻开书看个不停。

一副度数深到足以扭曲脸部轮廓的眼镜和一条土气的马尾辫，便是她给人留下的最深印象。她的学习能力无话可说，五官也相当端正，就像是个一本正经的班长，不过以她的交际能力而言，担任这种职务就有点太糟糕了。她一向独来独往，总是垂着视线走在阴影下，或者待在角落中。

三年初中生活里，因为上课等原因，我们曾有过三四次成对行动，应该是音乐课、美术课还有其他校级活动的时候。同为多余存在的我们像消除法一样被绑到了一起。那时我才知道，平时不爱讲话的她，其实说起话来就跟普通人一个样。

不，那绝不仅仅是“普通”。说实话，桐本希美流畅使用日语的能力是同龄孩子所不可比拟的。她已经习惯了在文字的海洋中遨游，因此很清楚如何有效地使用文字。当少见的对话机会降临之时，英雄无用武之地的她便会喜滋滋地去小试牛刀。而兴奋了一阵后，她又会陷入深深的自我厌恶，变得更加沉默寡言。

桐本希美就是这样一个女生。她与当下的世界格格不入，而在尝试与自己和解时又跟世界越离越远，可她只懂得这种笨拙的活法。

就选她吧，我决定了。

一开始我没有触及正题，只发了一条无关痛痒的消息过去。要是学生时代基本没有交流的同学突然要求“借我看看毕业相册”，对方只会怀疑我是个冲着个人信息而来的情报贩子吧。

我花二十分钟写出来的文章特别干瘪。说得好听点的话，这篇文章就像擅长日语的外国人写出来的垃圾邮件。好吧，这还是我头一次给旧识发送私信，也算是情有可原吧。而事实上，我就像个外国人，不管在哪里，不管和谁在一起。

尽管我对整篇东西都很不满意，但是心里却明白，一鼓作气，再而衰，三而竭。于是我趁着酒还没醒，一笔未改地将那条消息发了出去，然后合起笔记本电脑，倒头就睡。

这天夜里我也因向来的噩梦而惊醒。爬出被窝来到厨房，我用杯子接了水，站着一口气喝了三杯。每次做了噩梦我都会这样。我知道，喝下冷水后体内会被现实感填满，噩梦就会失去落脚地，被驱散得销声匿迹。几分钟后，我甚至连做过什么梦都能忘掉。无法驱散恐惧的时候，我会稍微喝点琴酒，这么一来基本能忘得一干二净。透明的液体就是有这种力量。在我的想象中，“忘川”的词源——忘却之水——应该是一种尤其清澈而淳美的液体吧。

过了一整天，桐本希美也没有答复我，是被她怀疑成了推销员或是情报贩子，还是她认出了我这个同学，却仍选择无视呢？若是前者，那还有点希望，可现在对方毫无反应，我也无从判断。不，说不定她只是没有经常查看社交平台消息的习惯。

该不该再给她发一次消息呢？我陷入了沉思。现在的我无论如何都想揭露夏凪灯花的真面目，为此只能不择手段了。说到底，桐本希美这人又与我何干，利用了她，事后遭她讨厌也好，被她蔑视也罢，根本不痛不痒。

问题在于下一条消息的内容。要怎么写，对方才会相信我并对我产生兴趣呢？就像有生以来第一次写情书的少年那般，我把文章翻来覆去改了又改。而直到自己都不知道自己写了些什么的时候，脑中突然冒出了一个恶劣的点子。

我付诸行动了。具体内容按下不表，能说的只有——我参考了江森讲的那个骗子的故事。

效果是极其显著的。仅仅一个小时后，桐本希美就回了消息。我完全没有因为利用了对方的良心而感到痛心，只是为了戳穿骗子的谎言，结果自己也成了骗子，这种心境还是很奇妙的。我约好第二天下午和她在车站前碰面，便结束了对话。

瞄了眼时钟，已是晚上九点多。从最近几天的趋势来看，那个自称夏凪灯花的女孩差不多是时候跑进我屋里了。我无意识地看了看分隔彼此屋子的那堵墙，又往门的方向望了望。然而不知为何，今晚我眼前却没有出现她打开那扇门的画面。

最终，这晚她什么动作都没有。或许是因为发现我没有如她所料般行动，打算重新制定计划;或许是因为装作被我倒掉菜而伤了心，借此窥探我的反应;或许是因为没有动作本身就等于一种动作。如果果真如此，让我心有不甘的是，她的阴谋得逞了。一整晚我都竖起耳朵听着隔壁屋子的动静，满脑子想着她不跑过来的原因。睡意终于降临的时候，窗帘的缝隙间已射入了淡淡的朝阳。

*

这是时隔五年的再会。

桐本希美毕恭毕敬地站在碰头标志物那尊石像的正前方，肩上搭着蓝色的伞，一脸严肃地盯着雨丝。尽管她把土气的马尾辫披了下来，将厚厚的眼镜换成了隐形眼镜，并且穿上了优雅的衣服，但给我的整体印象还是和当初一样。刘海后方露出交杂着种种负面情绪的眸子，像是用水稀释过的眸色也毫无变化，仿佛只有名为“桐本希美”的核心概念被保留了下来，其他部分全部被替换成优质的零件了。

认出我后，她微微鞠了一躬，然后无声地指了指道路对面的一间咖啡馆，也不等我回应便走了起来。总之先去躲雨，她大概是这个意思吧。

店内挤着不少来躲雨的顾客，但也不至于没有空桌。在窗边的二人座落座，轻轻抿了一口服务员端来的冰水后，桐本希美语气沉重地问：

“你的目的是什么？”

“目的？”我反问。

“你叫我出来，是别有用心吧？”她将阴郁的视线投向桌子的一角，“拉我入教？传销？老鼠会？假如你抱着这些目的，请恕我现在就离开。我不觉得自己需要被救赎，经济方面也不拮据。”

我惊呆了，盯着她的脸。

她瞟了我一下，眼神变得飘忽起来。

“如果这是个误会，我愿意道歉。可你会联系我这种人，我实在是想不到别的目的了……”

说到最后，她的声音低哑得几乎听不见。

我把放在桌面中央的杯子拉到眼前，迟疑片刻后一口喝空。

到底发生了什么？我刚想说“没这回事，我纯粹是想见面才联系你的”，却发现她的想象倒是走对了路。我既不是宗教信徒也不是搞传销的，来这里的首要目的亦不是为了和她见面，确实另有目的。

就此装傻是很简单的，可我不觉得自己演得了那么久的戏。假若我有本事自然地装作对他人有好感，如今也不会这么孤独了。

我叫住服务员，点了两杯咖啡，既不肯定也不否定桐本希美的疑问，而是问道："莫非你有过类似的经历？"

这个问题毫无意义，只是为了缓和气氛。

不过从结果来说，这却是最好的以问代答。

她睁大了眼睛，身体抖了一抖，然后垂下睫毛，像石头一样沉默了。我的方寸大乱简直一目了然，阵阵罪恶感袭上心头，像是自己干了什么坏事一样。

接下来她沉默良久，是有什么话难以启齿，还是在等待我的下一句话，或是气得无话可说？我无法从她的表情中读出任何信息。

就在我打算道歉说"没什么特别的意思，别放在心上"的时候，桐本希美小声嘀咕了一句话。

我凑近桌子，想听听她在说什么。

"进高中后不久，我就交到了朋友，"她的声音冷冰冰的，"每天，那个女生都会亲切地跟我这个认生又孤单的人打招呼。这是我有生以来第一次交上的朋友。她和我不同，性格特别好，班里所有人都很喜欢她。她明明跟谁都能很要好，却总是把我放在第一位，所以我心里也觉得非常骄傲。"

她的嘴角漾起一丝温暖的笑意，可只持续了不到两秒。

"然而，关系好起来刚过了一个月的时候，她带我去了个奇怪的地方。那是个我闻所未闻、气氛可疑的新兴宗教的集会。后面一周，再后面一周，她都带我去了。她大概觉得，像我这种没有朋友的人应该很容易笼络吧。我下定决心跟她说，自己不想入教，希望她别再拖着我了，结果第二天开始她就不再跟我说话了。不仅如此，学校里还传开了充满恶意的流言。那之后的三年间，我每天的生活都充斥着冰冷的视线和无情的话语。"

咖啡送来了。服务员像是难以估摸我们之间那紧张的沉默意味着什么似的，尴尬地微微一笑后，行了个礼便离开了。

“……真是吃了不少苦啊。”

除了这句，我说不出别的话了。

“是的，很痛苦。”她点点头，“所以，我讨厌谎言。”

听过这段故事，我没了向她说谎的胆子。我想，看来只能破釜沉舟地说真话了啊。

换个角度来看，桐本希美明知我很有可能是骗子，却还是来见了我，是因为她天生不擅长拒绝他人吧。既然如此，老实道出本来的目的说不好还顺利一些。

我啜了口咖啡，把杯子放回茶托后说道：

“桐本同学，你猜对了一半。”

她猛地抬起头，不过很快又低了下去。

“一半？”

“我来联系你，确实另有所图。这一点是事实。”

“……还有一半呢？”

“我并不是随便找谁都行的。虽然还有几个候选人，但要我去找他们中的任何一位，我都是一百个不情愿的。正因为是桐本同学你，我才起了联络的意。从这层含义上讲，也可以理解为我确实想和你见面。”

她再次陷入了沉默，不过这次并没有持续很久。

她面无表情地说：“那么，你说的另有所图是指什么呢？”

看来已经突破了第一道关卡。我向她道谢，然后进入正题。

“你听过‘夏凪灯花’这个名字吗？”

“‘夏凪灯花’？”

“你记不记得初中班里有女生叫这个名字？”

她将双手搁在桌上，交叉着手指，陷入思考。

“你应该知道吧，因为我初中时几乎不和同学交流，所以也不敢说自己很有把握。只是……”她的双眼从长长的刘海后方露出，窥视着我，

“至少在我的记忆中，班里应该没人叫这个名字。”

然后桐本希美把同班同学的名字一个个复述了出来。说出“也不敢说自己很有把握”这种话，简直是谦逊得过分了。和她做过同班同学的人，她都叫得出名字来。

“所有人应该都在这里了，”她放下数数的手指，“只是过去了好几年，我不太有自信。”

“不，多半跟你说的一样，你的记性太好了。”

“脸倒是完全记不得了，但神奇的是，名字都还没忘记。”

我交叉手臂思考起来。桐本希美的记性应该是货真价实的，记性这么好的人，不可能不记得真实存在的同学的名字。果然当年是没有夏凪灯花这么个女生的。

可话说回来，我不太能接受用记忆去解决由记忆产生的问题。我忍不住想，原本这一连串疑问就是从“记忆不可靠”中产生的，而依靠记忆去解决它们只不过是陷入了死循环吧？

“我觉得你的记忆是准确的，”我选择着措辞，“只是为了让自己接受这个结果，我还需要一两项明确的证据。桐本同学，你的毕业相册还在吗？”

“我想想……嗯，应该在我公寓的某个地方。”

“方便借我看看吗？”

“现在就要看吗？”

“是啊，可以的话越早越好，如果你……”

“那我们现在就去吧。”

还没等我说完，她就拿过小票站了起来。

“反正我公寓离这里不远。”

我们默默地走在下着雨的路上，没有一句对话，完全不像时隔五年再会的同班同学。

这种时候一般会聊聊彼此的近况吧？闲聊几句共同熟人的八卦，慢慢将话题引回过去，然后谈起当时的趣事或印象深刻的往事，聊个热火朝天。

然而我们并没有什么回忆。我们既没有交往至今的同学，聊近况也只会是顾影自怜。我们都知道当年对方躲在教室的角落里，呼吸着稀薄的空气苟活，每天都是灰色的，只有在图书馆才能获得转瞬的安息，因此我们丝毫提不起劲刨出那段过去来交流感想。

从车站上车，坐了二十分钟左右的巴士，再走五分钟便到了桐本希美的公寓。和我住的老房子相比，这里要整洁得多，外墙一尘不染，停车场里并排着几辆小型汽车，颜色是年轻女性喜欢的那一类。

我原本想在门前等的，结果她进屋后向我招了招手。

“你不是很急吗？进来看吧，没事的。”

我对闯进关系疏远的女孩屋里还是有点抗拒的，但想尽早查看相册也是事实。此刻我决定恭敬不如从命，将湿漉漉的伞斜靠在走廊的墙上，走进桐本希美的屋子。

“凌乱不堪”恐怕有失公允，“书满为患”才比较贴切吧。三个大书架，每个书架上都密密实实地塞满了书，放不下的就在地板或桌上堆成一座座塔。仔细看看，书籍的排列方式似乎遵循着桐本希美独有的规律，用一句矛盾的话来说，就是这些书给我留下了凌乱而有序的印象。

“屋子太脏了，不好意思。”像是察觉到什么似的，她面露羞色地说。

“没事，只是东西太多而已，我倒没觉得脏。”

我也不了解女孩子的屋子该是怎样的，不过桐本希美的屋子很明显跟一般情况相去甚远。一方面来说，这间屋子非常有个性，但另一方面来说，要是移走那些奠定印象基础的书山，这里就会立刻变成匿名空间。桌子、床、沙发，一切都将超越“没个性”的维度，沦为仅相当于符号的设计，就像把“桌子”“床”“沙发”写在纸上，贴在空间里一般。

她在书架前蹲了下来。大开本的书和相册似乎放在最下面一层。

桐本希美一边找毕业相册，一边问我：

“话说回来，你为什么没有毕业相册呢，没买？”

“扔了。从家里搬出来的时候想轻装上阵。”

“真有你的作风啊。”她轻轻地扑哧一笑，“我也曾想过不如扔了它，但如你所见，我这种人实在扔不掉书这种形式的东西。”

“这也很有你的作风呢。不过这一点帮了我大忙啊。”

“哪里，不客气。”

毕业相册在第二个书架上找到了。她将相册抽出来掸了掸灰，说了声“请看”并递给了我。

我首先翻到了排列着毕业生个人照片的那部分，将自己班那页的照片浏览了一遍后，以防万一也把其他班的也看了一遍。

“没有呢。”凑在一旁的桐本希美说。

我前后看了三遍，确实如她所说，没找到名叫夏凪灯花的学生。

之后我们又一张张看了各个班级和社团活动成员的集体照，还有课堂情景和校级活动的照片。桐本希美一一报出了照片中人物的名字。

“千寻同学。”

突然听见自己的名字，我吓了一跳，其实她的意思好像是“这张照片上有千寻同学呢”。她指着的照片上，记录着正在记板书的我。

照片上的我看起来倒也像个正在专心上课的好学生，但我很清楚事实并非如此。那时候的我总在看钟，死死盯着黑板上方的挂钟，一心盼着下课。哪怕早一秒都好，就想着快点跑出学校一个人待着。而我越是期待，时针的移动看起来就越是钝重。

接下来映入眼帘的，是我在社交平台上搜索同学时最早发现的女生的照片。那是文化节话剧表演的一幕，给毕业相册增色不少。她是个光芒四射的女生，长得漂亮又不讨人嫌，跟谁都能打成一片，公认的万人迷。

忽地，我脑中浮现起她上传的一张同学会的照片。

“对了，桐本同学，你去参加同学会了吗？”我随口问了一句。

“没，”她轻轻摇了摇头，“你的意思是你也没去吗？”

“嗯，因为我没有特别想见的人，应该也没人想见我吧。”

“我也这么觉得。不管见谁，都只会觉得伤感。而且——”

说到一半，她突然顿住了，因为雪白的跨页突然占满了整个视野。

我不明白这代表什么含义。首先想到的是印刷失误，但很快又反应过来，这里是为朋友们相互写寄语而留下的空白。

我佯装平静地把这页翻了过去，桐本希美却自嘲般地微笑道：“雪白雪白的呢。”

我不也是吗——但我没有说出口便停下了，多半她也心知肚明。

很快，我把整本相册都翻完了。毕业相册证明，我就读的年级里不存在夏凪灯花这么个女生。

“请问……”我刚要走出桐本希美的屋子，她有点矜持地叫住我。

“所以夏凪灯花到底是什么人，你为什么要找她呢？”

“对不起，我不太想说。”我背对着她答道。不知为何，我不愿意继续待在这间屋子里，只想快点回自己公寓独自喝杯琴酒。

“好吧。”她很干脆地放弃了。

我叹了口气，扭过头说：“她是个架空人物啦。”

“是义者吗？”光是这么一句话，桐本希美似乎就洞察了一切。

我点着头说：“出于一些意外，现在我的脑中交织着自己的记忆和义忆。我一直被一种错觉困扰着，以为曾经有过这么个喜欢自己的女孩。

很愚蠢吧？”

“我很明白啊，因为我也有过类似的经历。”她温柔地微笑起来。

随后她欲言又止，或许是想提一提与“类似的经历”相关的内容吧。然而那些话在震颤空气的前一秒便被吸到了喉咙深处，取而代之，她用另一句无关痛痒的话做了个总结：

“希望能早日梦醒呢。”

我微微上扬了一下嘴角，然后说：“今天很感谢你。”

“哪里，能跟旧识久别重逢，我也很开心。再见。”

房门关上之前，我看见她轻轻地挥了挥手。

这是我最后一次见到桐本希美。

外面仍在下雨。沥青路上有不少积着水的小坑，倾落的雨丝描绘出种种几何图案。曾有人说，雨会清洗掉人生道路上的回忆。我很想快点把今天刨出来的那一系列记忆忘掉，于是收起撑开到一半的伞，任凭雨滴打湿周身。

05 英雄

ヒーロー

数码相机普及以后，幽灵的数量显著减少，但有一部分幽灵似乎历经几十年转移到了电子空间里，以某一时期为分界点，网上到处都能看到电子幽灵的目击证词。尽管绝大多数不过是造谣或添油加醋的恶作剧而已，但一些事件在演变成爆炸性新闻后，直到现在仍未被揭露真相。

最广为人知的一桩电子怪谈要数“茅野姐妹”了吧。故事来自某位女士的经历，五年间她几乎每天都会和一位友人通话，但实际上对方在两年前就已经死了。而这个故事有个挺像样的结局，如故事题目上的“姐妹”所示，该女士的友人有个和她长得酷似的妹妹，事件的真相就是这位妹妹一直在假扮死去的姐姐。

和喜欢交际的姐姐相反，妹妹性格十分内向，除了姐姐，她跟任何人都不亲。失去了唯一的说话对象，极度渴望与人交流的茅野妹妹接到姐姐友人打来的电话后，便装作姐姐应答，然后作为死者的替身一直演了下去:装作姐姐通电话、装作姐姐和该女士见面、装作姐姐持续更新社交平台的内容。茅野姐妹外形酷似，而且由于妹妹对姐姐无所不知，所以该女士完全没有注意到已经换了人。某天，跨越两年的谎言终于因一个极其微小的细节而暴露出来，不过在那之后，两人似乎重新结为了朋友。

至此，这个故事还算是暖心，可它还有令人毛骨悚然的后续。有篇文章被认为是茅野姐姐生前在其社交账号上的最后一次更新，其中的内容在网上激起了水花。文章乍看写得没头没尾，但根据不同角度，也能解读出“身边人一直想要我的命”这层含义。第三方从网站镜像里挖掘出了这篇文章，并发现原文是经茅野妹妹之手删掉的，这件事引起了轩然大波。网民们煞有介事地散布起这样的传闻:想将姐姐的友人据为己有的妹妹杀害了姐姐。

最终，茅野妹妹未对此事做出任何解释便销声匿迹，社交账号也就此被闲置，如今那里已变为一个知名的网络废墟，成了大家猎奇的去处。

*

雨持续了三天，象征性地给了一天阴天的缓冲期后，又接着下了三天。接连的坏天气简直让我忘记蓝天的颜色。天气预报说大规模的台风正在接近，而台风过境后，应该就会迎来一段晴好的日子。

这么想来，今年夏天的雨多得有点不可思议。大雨倒是很少，但雾一般的绵绵细雨总是下个不停，为此我不得不在投币洗衣店和公寓间来来回回。所幸洗衣店里的冷气还算舒服，将洗完的衣服放进干衣机的时候，我得以悠闲地在店里看看旧杂志或旧报纸。

这一周里，我弄丢了一把伞，被风刮弯了一把伞，还被偷了一把折叠伞;扔掉脏得发黑的凉鞋后，又买了双新的;往壁橱里放了除湿剂。雨给我的人生带来的影响也就仅此而已。和过去一样，每天除了打工，我便无所事事。雨天中的录像带出租店比平时更加门可罗雀，完全就像在深山老林的土特产店工作一样。店里弥散着霉味，不过店主倒好像全然不在意。

江森一次都没有联系过我，除了他便没有其他朋友的我自然就成了独行侠。向来如此。这就是我的日常生活。

不用打工的日子里，我会去县图书馆大量阅读与义忆相关的文献。倒也不是特别想了解什么，只是比起不感兴趣的杂志，我觉得看看不感兴趣的学术文献会更有意思。

阅读大段文字过后我通常会累到需要小憩一会儿，接着得去休息室喝杯从自动售货机买来的咖啡，抽两根烟才返回阅览室。听到五点的报时音乐《晚霞渐淡》[1]响起后，我便会离开图书馆，在回家路上买罐啤酒，一边啜一边慢悠悠地走在从车站到公寓的田间小路上。到家后，我或是看电视，或是听广播，同时吃个杯面当晚饭；冲个澡洗去一天的汗水，懒洋洋地喝琴酒到深夜，在天空开始泛白的时候再睡去。

烟蒂、空罐、空瓶，我好不容易靠着这些东西真正感受到时间的推移。要是没有它们，我怕是连昨天和今天都分不清了吧。我的每天就是这么的一成不变，几乎想不起来一年前的自己都在干些什么。

证据都集齐了。父亲和桐本希美的证词，以及毕业相册的班级页都证明，夏凪灯花这个发小果然是不存在的。我的记忆没有问题，她是个义者，不过是义忆技师制造出来的架空人物而已。

剩下的就是把这些证据甩给那个骗子，让她承认自己的失败，然后一切就能结束了。我会喝下藏在柜子深处的“忘川”，给这一连串的蠢事画上终止符。

我原本是这么计划的。

然而，从“晚安”也没说就走出我屋子的那天开始，自称夏凪灯花的女孩便再没有出现过。夜里隔壁会亮起灯，她应该在屋子里，只是没有什么称得上动静的动静。

她放弃诱骗我了，还是在做什么复杂的准备呢？说自己一点不在意是假的，但我也没想过主动去找她。假如她想不了了之，那倒也无妨。假如她在谋划新的计策，那么我就兵来将挡，水来土掩吧。反正以某种形式做出了断之日，就是我该喝下“忘川”之时。

1 注：日本经典童谣，入选“日本之歌百选”。

这天我也一直喝到清晨。昏迷似的睡了八个小时后，我在风声中睁开眼睛。暴风雨要来了，口哨般的声音从窗缝里挤进来。打开广播，播音员正好在报台风消息。

脑袋和喉咙都疼得要命，肯定是因为宿醉加上吸烟过量了。我用残留着昨夜琴酒味的玻璃杯盛了水并灌进胃里，又热了热早先泡好的咖啡，慢慢喝下去，接着站在换气扇下抽起烟来。两根烟变成灰以后，我钻进被窝，静听着广播声和雨声。

我喜欢雨。它会让每个人都陷入同样的困扰，我喜欢这种平等。爱不爱晴天往往因人而异，但大家对暴雨的爱只会到适可而止的程度，充其量只是在屋里一边喝点暖暖的饮料，一边享受享受风风雨雨为舒适圈里的自己带来的非日常感罢了。

广播听厌了，我在窗边放了个坐垫并坐下，翻开昨天从图书馆里借来的书。那是本传记，某个我闻所未闻的伟人，在我闻所未闻的领域中留下了我闻所未闻的建树。对我来说，书和自己越无关越好，这样能让我忘却此时此地的自己。我会突然想看书，应该是前不久见面的桐本希美带来了影响吧。

每隔三十分钟便穿插一次小憩，我按照这种节奏稳稳地推进着阅读进程。不时一阵强风吹过，耳边会传来雨滴叩打窗玻璃的声音。时间的流动，缓慢得惊人。

那是下午三点多吧。

一阵强烈的饥饿感突然袭来，强度仿佛能将人性连根拔起似的。我想了想，起床后自己一点东西都没吃过。而意识到这一点的瞬间，胃就像麻醉劲儿过去一般抽痛起来。

我放下书，打开水槽下方的柜子，发现杯面一个也不剩。当然，冰箱也是空的。我自暴自弃地打算抽烟，又发现原来刚才抽的已是最后一根。看来只能出门买一趟了。

伞恐怕起不了什么作用。我将冲锋衣的兜帽拉下来遮到眼前，穿上凉鞋，然后冲进了暴风雨中。外面昏昏暗暗，不像刚过三点的样子，路上还飞舞着被风吹飞的垃圾、树枝和折断的伞。横向劈过的雨扎得我眼睛都睁不开，每次疾风吹来，我的身体都要踉跄一下。

这是超市从未有过的冷清。买了最便宜的杯面和香烟，扎紧购物袋的口后，我离开了超市。雨势更大了。

我贴着墙往前走，想借此躲过狂风。忽地，我站住了，面朝道路的飘窗里，有“谁”正往我这里张望。

不是人，而是猫。一只在附近见过好几次的虎斑猫。我一直以为它是野猫，看来似乎有主人。它摆出“这种雨天还在外面走，真是个闲不住的家伙”的脸凝视着这边。我靠近飘窗冲猫皱起眉头，猫却动也不动，好似摆设一样静静地望着我。

回到公寓，我把湿透的衣服扔进衣物篮，冲了个澡。走出浴室，打算用茶壶烧水的时候我才意识到，之前那汹涌澎湃的饥饿感已像浮云散去一样消失得无影无踪。

我躺在榻榻米上，慢慢地品味着买回来的香烟。屋里很凉快，榻榻米粗糙的触感十分舒服。雨片刻不停地浇灌着整座城镇，将所谓的含义、意义从所有事物中集合、剥离，再悉数冲走。我想着飘窗里的猫，继而回忆起飘窗里的幽灵。

*

七岁的夏天，我看见了幽灵。

接下来我要说的是一则不值一提的杂谈。第一，登场的幽灵并非真正的幽灵。第二，这本来就是义忆里的故事。从一开始它便几乎失去了作为杂谈的价值。

幽灵栖息在附近的一栋古老的日式住宅里，总是透过一楼的飘窗监视着大街。那是个留着长发的少女幽灵，她性格懦弱，肤色白皙，无时无刻不外露着一股忧郁的气质。每次我路过那边，她都会贴上窗户，探出身子，用眼神追着我。

她肯定是以前死在这户人家的孩子吧。我觉得她很可怜，同时也很怕她，或许她十分嫉妒同龄的活人孩子，总想着带我一起下黄泉。虽然她盯着我时面无表情，但或许对生者的憎恶火焰正在那无色的眸子深处熊熊燃烧。我很畏惧跟少女幽灵面对面，走到那条路时总会快步跑过。

恰好当时我在电视里看过夏季灵异故事的特别节目，也听过几年前附近有小孩去向不明的传闻，而那个少女还穿着极其不自然的雪白连衣裙……这些要素叠加起来，导致我坚信那个从窗口眺望大街的病弱少女就是幽灵。之所以会这么认为，与其说是因为我富有想象力，倒不如说是我太缺乏理智了吧。

那年夏天我上了游泳课，或者说“被迫上了”更确切。母亲不喜欢小学放暑假的儿子成天都待在家中，为了能体面地把我从家里赶出去，便给我报了个短期的游泳班。游泳池距离我家只有步行十分钟左右的路程，除了我以外只有五个学生，而那五人似乎原本就是朋友，只有我一个人被排除在外。不过，因为从出生开始我就在家里饱尝过这种疏离感了，所以当时也感觉那算不上是什么问题。我的注意力已全被幽灵勾走了。

游泳池建在一块僻静的地方，去那里有条避也避不开的必经之路，而幽灵宅邸的窗户就恰好面朝那条路。我既没有父母接送，也没有同行的朋友，每次都是一个人从窗前走过。去时天还亮着，问题倒不大，回来时经常已是傍晚，在一片昏暗中与少女四目相对时，我总会吓得全身僵硬。我老是觉得，一旦移开视线就会发生什么不得了的事，因此从窗前走过之后仍会反复回望，看看少女还在不在那里（我从没想过她会把我的举动理解为我对她有好感）。

日子一天天过去，我越来越频繁地见到幽灵。说白了，其实只是少女把握了我路过的大致时间，我却把这种变化当成一种凶兆，猜想她心里或许正推进着什么计划。

从某种意义上说，我算是料中了。不久后，幽灵看见我时便会在窗户内侧莞尔一笑。虽然她的笑容天真无邪，但在心头笼罩着恐惧的我眼里，那可是来自掠食者的冷酷笑容，而且笑容似乎是专门针对我的，其他孩子走过时她的表情不会有丝毫变化！我的不安转变为确信。

那是恶灵。它借用了可爱少女的外形，其实真面目是饥饿的猛兽，正琢磨着食人魂魄。而我完全不明就里，就这么被恶灵盯上了。

恐惧渐渐地侵蚀着我的生活。怎样才能让幽灵放过我呢？我满脑子都是这个问题。夜以继日，少女的面孔总会浮现在我的脑海里，显得我仿佛是个因单相思而备受煎熬的少年，明明自己发自心底怕得要命。我怕她会不会有一天要来接我走，怕那扇窗打开时会不会发生什么无可挽回的事，以至于每晚都遭遇梦魇。

我无数次想过要不要找谁商量商量，可又觉得提及她的存在本身就足以招致灾祸，因此始终下不了决心。而且，我既没有朋友，又不被父母当一回事，其实根本就没有所谓的商量对象。

这一个月真是漫长得令人昏厥。然而不管怎么说，终于迎来了尾声。

最后一天的课程结束后，我跟两位教练道别后便离开了游泳池。游得太久导致我浑身乏力，不过脚步却很轻盈。这下终于解脱了。不用从那扇窗前经过了，也不用跟少女面对面了，一想到这里我就欢呼雀跃。

幽灵宅邸就在前方，我开始心跳加速。太阳西斜，以至于从远处无法看清窗户内侧的状况。即便如此我也明白，今天她会在那里，将手肘撑在飘窗的窗台上，捧着脸呆呆地远眺，发现我之后便探出身子，然后脸上笑成一朵花吧？

果然，幽灵在那里。

然而，今天好像有点不同。她见了我却一动不动，也没有绽放笑容，就像我第一次路过这里一样，只是机械地用眼神跟着我。我凝视着她，试图解读出她表情背后的含义。

意识到幽灵在哭的时候，我这一个月里构建的认知被颠覆了。一切只发生在一瞬之间。现在已经不存在威胁我的恶灵了，她只是个有血有肉的女孩。

哪有什么幽灵。正在窗户内侧抽泣的她不过是个被囚禁的可怜少女，出于某种理由被关在家里，只因太向往外面的世界才整天贴在窗边罢了。她那瘦弱的身躯感觉又小了一圈。我居然会害怕这么个羸弱的小姑娘，连自己都觉得自己很没出息。

同时，我内心不禁涌起一个单纯的疑问：她为什么要哭呢？警惕情绪消解后，如今我只为自己的大惊小怪感到羞耻，以及对少女产生了纯粹的好奇心。

隔在飘窗与道路之间的砖墙顶多就一米高，要翻进去是很容易的。我先把带着点消毒水味的背包扔进去，然后翻过围墙，跳进庭院，接着跑到只远远眺望过的窗前站定。

她愣愣地注视着我完成了这一系列动作。我轻轻敲了敲窗玻璃，她像被雷击中那样挺直脊背，连忙打开窗锁，推开窗户。就这样，我们第一次近距离地注视彼此。

那是八月的一个傍晚，暮色中回荡着夜蝉的鸣叫。

少女眼含泪水微笑起来，发出了介于“欸嘿嘿”和“嗯哼哼”之间的笑声。

尽管已经打消了对她的怀疑，可我还是忍不住问了她这么个问题：

“你，不是幽灵吧？”

她眨了两三下眼睛后轻轻地扑哧一笑，然后像确认心跳似的用左手按住胸口，微微歪着脑袋说：

“我还活着哦，至少现在是。”

这就是我和夏凪灯花的初次邂逅。接下来的十年里，她都会反复拿那个没脑子的问题来取笑我。而直到最后，她也没告诉我那天为什么会哭。

在七岁的我听来，“哮喘”也好，“发作”也罢，都像是遥远异国的语言。尽管如此，我还是朦朦胧胧地明白了这个少女因患有慢性病而被父母禁止外出的大致因果。

“因为不知道什么时候会发作，所以我必须尽量待在家里。”

不知她是已经习惯于解释自己的病状，还是听父母或医生说了太多遍继而烂熟于心，提起哮喘时她说话便异常流畅，与七岁孩子不相称的词语频频而出。

“毕竟不能给别人添麻烦。”

这句话怎么想也不像发自她内心的真情实感，大概是父母把它作为最首要的一点灌输给了她吧。

“出门就会发作吗？”我试着运用刚记下的词语。

“偶尔啦。剧烈运动、吸进脏空气、内心不安的时候好像就容易发作，但也不代表待在家里就最保险。”然后少女又说了一遍那句引自他人的话，“总之，在外面发作的话，会给别人添麻烦的。”

咀嚼了一番她的解释后，我问道：

“你为什么总看着窗户外面呢？”

她听罢便低下头沉默起来，然后像拼命忍住泪水那样咬紧了嘴唇。我似乎问了不该问的问题。

“不如现在出去玩玩吧？”我马上向她提了个建议。

少女慢慢地仰起脸，歪着脑袋，仿佛在说“这个男孩有没有好好听我讲话啊”。

“你不用走路。我来载你。”

关照她稍微等一等，我火速跑回自己家，把背包往玄关一扔，跨上自行车便返回了幽灵宅邸。少女保持目送我离开时的姿势等待着我，见我回来后又像是松了口气般地笑了。

我停下自行车，指着后座说：“你坐后面。”

“要是我不听话跑出去，妈妈会骂我的……”她很犹豫。

“马上就回来，没事啦。你不想出去吗？”

她摇了摇头，说：“我想出去。”

少女去玄关拿了鞋穿上，从窗户一跃而出，惊险着地，然后小心地翻过砖墙，乖乖地坐上自行车的后座，抓住我的肩说：

“那就拜托你了。”

我点点头。这时，我突然发现还没有问她叫什么。

“你的名字是？”

“灯花，”她说，“夏凪灯花。你呢？”

“天谷千寻。”

“千寻。”

她口齿不清地重复了一遍我的名字。说来神奇，我感觉那一瞬仿佛是有生以来第一次被人叫了名字。

在那之前，我对自己的名字厌恶得不行，觉得像个姑娘似的，特别软弱。然而在灯花说出“千寻”的瞬间，我从心底感谢自己有“千寻”这么个好名字。

千寻。多么动听，不是吗？

尽管如今想来，只要是她叫我，不论什么名字听上去都会十分悦耳。

“准备好了哦。”灯花在我背后说。

我怯生生地踩上踏板，在脚底发力，载着两个人的自行车缓缓地动了起来。灯花用既不像是惨叫也不算是欢叫的声音高喊着，紧紧抓住我。

“你还好吗？”我没有回头。

“不行，太开心了，简直要发作。”

我慌忙地握紧刹车，她发出了先前那种介于“欸嘿嘿”和“嗯哼哼”之间的笑声。

“骗你的啦，完全没问题。可以骑得再快点哦。”

我有点愠，便故意把车骑得歪歪扭扭的。她抓住我的肩，笑声是那么的幸福。

*

义忆技师会根据委托者的潜在愿望来制作义忆，但若只是将未经加工的愿望拼装在一起，记忆和义忆之间便会产生不和。将明显脱离现实的义忆写入脑中，义忆也不会扎根在记忆里，只会被当成别人的故事。

因此，义忆取的是一种比梦想稍接近于现实的“最优解”。它是发生了也不奇怪，又绝对没有发生的故事。它是本该发生的故事，人们希望发生的故事。

植入我脑中的义忆基本上也都巧妙地改写自真实的过去。比如，我七岁时上过游泳班就是事实，每次路过飘窗都被盯着也遵照了事实。不同点仅仅在于，那不是个与我同龄的女孩，而是一只年老的黑猫。

初三被选为运动会上班级对抗接力赛的最后一棒也是真事，只是没有女生鼓励我并帮助我卸下重担。接力棒传到手中时我们班垫底，之后我一个人都没有反超，维持着倒数第一的名次跑过了终点。既没有人为我加油，也没有人送来慰问。应该说，同学们一开始就没有期待过接力赛的结果。他们不过是把败战选手的角色硬塞给我罢了……类似的事情不胜枚举。

很多片段都是以“如果我有夏凪灯花这么个发小”为前提而模拟的细致情景，由此描绘出来的故事不会是单纯的胡编乱造，谎言成分被压缩到最低含量。即使由现实中的我来看，自己在义忆中的言行也不会有丝毫的不协调。我会很自然地感到，自己在这种场景中确实会做出类似的反应，这些事情完全有可能发生，只要身边有个夏凪灯花。

换句话说，这些记忆属于那个身处幸福的平行世界里的我，或者属于我那个明明条件相同，却拥有更精彩人生的双胞胎哥哥或弟弟。正因如此，义忆那么真实——也同样残酷。人要是明白自己从一开始就得不到这些体验，没有执念很容易就放手了;但要是面对的是仅有一步之遥就能得到手的东西，又永远都会恋恋不舍。义忆告诉了我，什么叫作幸福与不幸只隔一层窗户纸。遇上了，还是没遇上，这一点差别便区分了天堂与地狱。

我早已放弃去追逐所谓的平凡的幸福，然而义忆却以如此明了的形式将“完美理想”推到了我眼前，这不禁令我痛切地感受到自己压根就没能放手。我以为自己已经足够洒脱，可事实只是我把愿望遮盖起来，不让它进入视野罢了。

如今我总算懂了。我希望有人能够无条件地为我倾注爱意，自己也更想试着成为他人的英雄（Hero）[1]。

我之所以打算消除六岁到十五岁的记忆，就是为了逃离这种欠缺感。陷入无限接近“零”的状态，甚至连“完美理想”都无法插足，我就是想以此摧毁所有的分歧点，一个不留。

1 注：该词也有“男主角”的意思。

虽然没有食欲，但空腹感又开始一抽一抽地虐起胃来。我掐灭香烟来到厨房，把茶壶架上煤气灶，水烧开前直愣愣地盯着灶里喷出的火焰。注意到茶壶开始冒水蒸气，我关上了火，可在弯下腰准备从水槽下的柜子里拿杯面时，却发现了掉在地板上的某样东西。

那是张小小的纸片。起初我以为是收据，捡起来一看，发现上面是手写的文字，内容是写给我的。想也不用想就知道是谁留下的。

她是一边哼歌一边写下来的吧？难道是因为我似乎会晚归，她才打算留下纸条回自己屋子去的？不过，写完的时候我恰巧回来了，接着又粗暴地压倒了自卖自夸做了拿手好菜的她，抢过了钥匙（恐怕纸条就是当时掉落的吧），并当面倒掉了那盘她亲手做的菜，命令她立刻离开我的屋子，所以纸条才留在了原地。

上面是这么写的：

“希望千寻能健健康康。”

我手里拿着纸条，一动不动地呆站了很久。

忽地，我禁不住想象了一番“夏凪灯花”留下这张纸条时的画面，而不是“她”。

随后，一股几近窒息的沉痛感席卷而来。

喜悦、愤怒、怜爱、空虚、罪恶感、失落感，所有的感情同时起起伏伏，剧烈地抓挠、剜剐、剁碎着我的心，再将碎成一丝丝的情感碎片悉数碾烂，最后我那洞开的心灵只剩下了赤裸裸的悲伤。

真的喝下去之后，我才发现没劲极了。

矮桌上摆着两个开了封的纸袋和玻璃杯。玻璃杯已经空了，我往里面倒进琴酒又喝了一口。注意事项上没有注明服用纳米机器人的时候不能喝酒，所以多半没问题吧。

身上既没有出现自己所担忧的后悔，也没有萌生自己所期待的成就感，有的只是一份小小的安心——这下终于解决了一桩麻烦事。

喝光琴酒之后，我倒在榻榻米上，等待“忘川”遍布整个大脑。尽管我并未克服丢失记忆的恐惧，但渴望立刻忘却痛苦的心情还是略胜一筹。

不久后我便昏昏沉沉，在仿佛深深沉入榻榻米的错觉中渐渐失去了意识。

我听到了像是硬物掉在地板上的声音。

从沉睡中醒来后，我稍微思考了一下那个声音究竟来自梦中还是现实。

我想，恐怕是现实。

那么，这个声音是从哪里来的呢？

隔壁屋子。

我竖起耳朵。台风的高峰似乎已经过去，不过窗户的缝隙间仍会传出咻咻的风声。隔壁静悄悄的。我把耳朵贴上薄薄的墙壁，闭上眼睛，屏气凝神，然而听到的仍旧只有风声。

渐渐的，风声听上去好像成了人的呼吸。我对那个声音有印象，那是哮喘病人发作时的呼吸声，灯花病倒时的喘鸣……看来我还是没有忘记夏凪灯花。我睡着以后过了几分钟呢？现在“忘川”完全有可能已经生效了。诊所总不可能又出了什么纰漏，送来了其他用途的纳米机器人吧？莫非，是喝酒惹的祸？

我试着罗列了一下脑中和夏凪灯花相关的记忆。长长的头发、雪白的皮肤、可亲的笑容、纤瘦的身体、第五次接吻、萤之光、班级对抗接力赛、书房与唱片、飘窗的幽灵、苍白的面孔、随着呼吸不规律起伏的胸、咻咻的呼吸声、滚到地板上的吸入器……

“医生说呀，大概是气压变化引起的吧。”

纯白的睡衣、领口露出的锁骨、短袖里伸出的细胳膊……

“你想啊，台风不是快来了吗？然后因为气压急剧下降，好像就引起发作了。”

会不会是她哮喘发作晕倒了？

会不会是受低气压的影响，哮喘恶化了？

会不会是她动弹不得，正蹲在地上？

我又把记忆和义忆混为一谈了。这点自觉自己还是有的。的确，夏凪灯花患有严重的哮喘，但隔壁的人并不是夏凪灯花，夏凪灯花原本就是不存在的。我不是都去跟桐本希美确认过了吗？毕业相册里也没有她的名字。

然而，无论摆多少事实，讲多少道理，我的身体都无法回应这套说辞。心脏像打鼓一样跳着，马上就要爆裂似的，视野晃动，指尖麻痹，全身上下肌肉痉挛。一瞬间我竟忘了怎么呼吸，然后才慌慌张张地深吸了一口气。

再也忍不下去了。我光着脚跑到被雨打湿的走廊上，用颤抖的手指按响了隔壁屋子的门铃，没有反应。隔了几秒我又按了一下，还是没有反应。我从口袋里拿掏出手机，呼叫她的号码。没有反应。我粗暴地拍起屋子的门，不停地拍。

没有反应。

“灯花！”

回过神来时，我发现自己已经在大声地叫她的名字。

没有应答。

我双手撑在门上，垂头丧气了一阵。不知不觉间，台风吹来的雨已将我淋得浑身湿透。过了一会儿，风声停了，这让人多少冷静了点。我猛然为自己的举动感到无比害臊。

没有应答，说明她外出了，仅此而已。听上去像喘鸣音，其实是挤进窗户缝隙的风声吧？像是人倒地的声音，其实是刮进屋里的风吹倒了什么东西吧？说不定她开着窗就出了门。

我自嘲地笑笑，从口袋里摸出香烟和打火机，一屁股坐在残留雨水的走廊上，吸进满满一肺的烟，过了五秒再吐出来。然后靠着墙，闭上眼睛。

我已经不在乎“忘川”为什么不奏效了，现在只想看到灯花的面孔。我深知这个念头有多愚蠢，但还是想知道她是否平安，好放下心来。

我眼皮的内侧感到了阳光。

雨棚滴下的水声掩盖了脚步声吗？

介于“欸嘿嘿”和“嗯哼哼”之间的笑声，在我的耳边响了起来。

既不是幻听，也不是错觉。

睁开眼睛，只见灯花正弯下腰盯着我的脸。

我反应不过来发生了什么。

“你以为我不见了？”

说着，她在我旁边坐了下来。

“还是说，你以为我哮喘发作，人动不了了？”

我提不起回嘴的气力。

为了掩饰自己的安心，我已筋疲力尽。

“……你是什么时候来的？”

“从千寻你拍门那会儿开始，一直都在。”她一点点挪过来，近得几乎要把呼吸吹到我脸上。

“你又叫我灯花了呢。”

“听错了吧？”

“是吗，听错了吗？”她故意瞪圆了眼睛，“那么，你实际上叫了什么呢？”

我一沉默，灯花就咯咯地笑起来。

“你把‘忘川’换成假货了吧？”我质问道。

“嗯，”她大大方方地承认，“因为，我既不想被忘记，也不希望你忘记呀。”

我惊讶得说不出话来。

“我能再问个问题吗？”

“什么？”

“刚才你为什么慌慌张张地把烟掐灭了？”

我瞟了一眼自己的手边，香烟的前端不知不觉间已经变得皱巴巴了。这完全是下意识的行为。

她眯起眼睛，看上去很愉快。

“你记得我不喜欢香烟，对吗？”

“……偶然罢了。”

真是个苦涩的借口。

她一说我才注意到，自己从来没在她面前抽过烟。

因为她是女孩，所以我才有所顾忌吗？

怎么可能。

不论如何否认，我的潜意识早已把她当成了夏凪灯花。

“没事的，我现在已经治好了啦。而我也不讨厌烟味。”

灯花轻轻地靠在我的肩上，就像在书房里，依偎在一起听唱片那样。

然后她耳语道：“放心吧，我不会突然消失的。”

*

那天晚上，我第一次吃了灯花做的菜。

真好吃——我只有这一个评价。

灯花将双手撑在桌上，托着腮，像期待听到我的食后感一般抬头盯着我。我问：

“为什么要对我这种人这么好？”

她给了一个算不上答案的答案——

“因为想对你好，所以对你好啊。”

我叹了口气，说道：

“我的意思是，作为诈骗的目标，我不觉得自己值得你做到这一步。”

灯花低吟一声后，又说道：

“因为，这是我们的约定呀。”

“约定？”

“没错，约定。”

她点点头，露出一丝只有她自己才懂个中含义的笑意，然后用亦真亦假的口吻说：

“所以，我打算把自己奉献给你，千寻。”

我在义忆中搜寻了一圈，却没有发现“约定”这个词。迄今为止，她的话都和我的义忆严丝合缝，唯独这处出入化成一个小小的疙瘩，留在了我的心里。

06 女英雄

ヒロイン

噩梦是体贴的。我常会做噩梦，每次的情节大都相似。

比如，梦中我有个很重要的人。她与我同龄。梦境会从我失去她开始。

我四处寻找她。刚才分明还在这里的，分明还牵着我的手的，分明还在我身边笑着的，只是转个身的工夫，放个手的工夫，她就像雾散去一样消失得无影无踪。

她到底去哪里了呢？

我问身边的某人："你认识'　'吗（我自己都听不清那个名字）？她对我很重要。"然后那个人答道："我不认识'　'。你说的是谁呀，你哪有什么很重要的人呢？有也好，没有也罢，那种女孩难道不是一开始就不存在的吗？"

我反驳说："不可能，刚才她确确实实就在这里的。"然而说完这句话，我便发现自己已想不起女孩的名字。不仅仅是名字，她有着怎样的面容，怎样的声音，怎样握着我的手的，我也丝毫想不起来了。

我只有一种感觉：此刻我即将失去某样特别重要的东西。而很快，就连这种感觉也被夺去轮廓，从指缝间滑落。瞬间的空白过后，除了失落感，一切都渐渐灰飞烟灭。

也有反过来的情况。那大概是在老家或是学校的教室。周围的人都向我投来怀疑的目光——那家伙是谁，为什么会在这里？他们异口同声。我急忙想自报家门，但怎么都说不出话。我想不起自己的名字了，而花了好长时间挤出来的，却是个连我自己都没听过的陌生名字。而周围的人也说他们不认识这个人。

此时；有人在我耳边低语："'　'，你是不存在于现实的人哦。就像你母亲通过‘天使’获得的三个女儿一样，你也不过是某人改造记忆之后出现在他脑内的义者罢了。”

一切的一切都失去了存在前提。我脚底踩空，坠入无尽的深渊。

即使我再装作满不在乎，被母亲连同记忆一起抛弃的过往，永远都会在我心中投下黑影吧。

从噩梦中醒来时，现实会显得稍微好那么一点点，毕竟和那个世界相比，这个世界似乎还有救。噩梦给了我“安全的重创”，让我误以为现实难能可贵（尽管只持续了几分钟）。从这个意义来说，噩梦是体贴的。

真正需要提防的，是幸福的梦。它会将现实的价值连根拔除。梦境被描绘得五彩斑斓的同时，会从现实带走等量的涂料。醒来时，现实会告诉我人生有多么灰暗，也没有其他经历能让我更强烈地感受到幸福的缺席。梦中的幸福甚至算不上错觉，因为那是跟此处的我完全无缘的。

极个别情况下，我会在幸福的梦中意识到自己在做梦。这种时候，我会闭上眼、堵上耳，祈祷尽快返回现实。只要我愿意，自己就能成为梦之国的国王并为所欲为吧。然而我不会这么做，毕竟我痛彻心扉地明白，在这个世界想得有多美，在那个世界就摔得有多惨。

在噩梦中走丢的女孩不知何时又出现在我身边。“为什么要这么做？”她从正面紧盯着我，歪着脑袋问，“只要你愿意，我明明能把一切都给你的。”哪怕闭上眼、堵上耳，我都能清晰地感知到她的身姿和声音。在梦中，我是能闭着眼睛看，堵着耳朵听的。

因为我是属于现实世界的人啊——我不出声地回答道。为了在那个世界生存下去，我得尽量多留一些颜料才行，可不能随便浪费在你这里啊。

她伤感地笑了。光是渲染出这个笑容，就已耗费了大量的颜料。

而当我醒来时，世界的色彩又比我入睡前黯淡了许多。梦中那个女孩的声音一直粘在我的鼓膜上，“只要你愿意，我明明能把一切都给你的”。

因此，我很害怕幸福的梦，害怕“夏凪灯花在我二十岁夏天翩然降临”这个幸福的梦。我能想到的只有缩在怀疑与卑微的壳里保全自己。至于对方的情况，我是无力体谅一分一毫的。

拜她所赐，我一辈子都对那个夏天的活法感到后悔。为什么我就是没能相信她说的话呢？为什么我就是没能坦率地面对自己的心呢？为什么我就是没能对她更温柔一点呢？

每晚她都在独自哭泣。

她伸向我的，既是拯救的手，也是求救的手。

人们常说，已经过去的事情，后悔也没用；已经失去的东西，慨叹也白搭，还是尽早忘了吧。可是我觉得，对过去的事情和失去的东西来说，这种态度有失礼仪，也是恩将仇报，背叛曾对你嫣然一笑的幸福预言。

*

“你干得确实很不错啊。”

第二天早晨，我对摆出一副理所当然的面孔，还跑进我屋里看起电视的灯花说。

她睡眼惺忪地歪着脑袋问：“你指什么？”

既然昨晚我拼上小命喊出灯花名字的丑态已经暴露无遗，那继续在她面前虚张声势也毫无意义了。因此，我老实地说：

“我指的是，你的演技十分了得。你精彩地呈现了我的潜在愿望。姑且不论你对义忆和‘简历’的内容有多清楚，但演绎得如此天衣无缝，不得不说是一种出色的才华。我真的快误以为世上确实有夏凪灯花这么个女孩了。”

“对吧，对吧？”她得意地点了好几次头，语气轻快，“因为，我练了好久呀。”

真是语出惊人。看上去不像是睡糊涂而说漏了嘴。

“你承认自己撒谎了？”我问。

“不是啦。我已经说过很多次了，我和千寻可是发小哦。不过……”她将手放在嘴角边思考了一会儿，然后竖起了食指，“我说，你应该知道《北风与太阳》[1]的故事吧？”

这个我当然知道，便问道：“所以呢？”

“我想干脆承认自己真的撒了谎，这样对你来说也比较好接受，不是吗？也就是说呢，我是个骗子，千寻为了摸清我撒谎的目的，只能无可奈何地陪我演戏。同时，尽管我知道自己的谎言已被看穿，但为了完成计划，只能把漏洞百出的戏继续演下去。假如我们之间是这种明明白白的关系，你就能放心地待在我身边了，对吧？”

“这都什么乱七八糟的。”

“这是在给不坦率的千寻一个黏着我的借口哦。”

“你是不是傻？”我哼笑一声。

她一点也不傻。从结论来说，她转变方针的策略可谓正确无比。我并非中了她的圈套，而是在看穿她的谎言后，为了揭露她的真面目才陪她演戏——获得这个借口的我就这么轻易地沦陷了，简直到了可笑的地步。

---

1 注：《北风与太阳》出自伊索寓言，故事中北风和太阳比拼力量，打赌谁能先让行人脱下衣服。北风采取强硬的方式却适得其反，太阳使用温和的方式最终成功达到了目的。

我需要的是一张免罪符。通过放弃扮演纯真无邪的发小并故意装成骗子，夏凪灯花轻松地突破了我的心理防线，如同不停喊着“狼来了”而最终失信的放羊少年，试图利用“说谎者悖论”令村民们相信狼真的来了一样。

再一想，这也是我消除桐本希美的警惕心时所采用的方略。为了让半信半疑的她放下心来，相较于声称“我没撒谎”，直言自己撒了个无害的谎更妙。这跟故意给便宜货写上个无足轻重的缺点来博得消费者的信任是一个道理。

“你看看我这副打扮，很像是你的发小吧？”她说道，掀了掀纯白露肩连衣裙的裙摆。那身姿，让人联想起了生活在我们心中那片圣地的向日葵少女。

“要讨好千寻这类内心不成熟又充满防备心的人，有效的办法是用这种清纯的打扮和有亲和力的言行来让你放松警惕。”

“这说法真够过分的。”

“不过千寻，其实你喜欢这种风格的，对吧？”

“嗯，喜欢啊。”

我扭扭捏捏地承认了。在如此熟知我内心的人面前，逞强只是徒劳。

“可爱吗？”

“可爱。”我马虎地重复道。

“心动了吗？”

“心动了。”我机械地重复道。

“然而，你不能耿直一点吗？”

“是啊。”

“何必忍成这样啊。”灯花有些挑衅地微笑起来。

她误会了，我不是在忍耐。眼前的夏凪灯花的确很有魅力，但同时，我的眼中会重叠上七岁的夏凪灯花、九岁的夏凪灯花和十五岁的夏凪灯花。那些画面未能与二十岁的夏凪灯花完全同步，时不时会有所延迟，在她身上交错显现。目睹这一情形时，我会觉得把她当成情欲对象实在相当不合适，或者说，是我估计失误了。

之于我，这些倒也不全是坏事。将夏凪灯花的谎言理解为一种形式后，我们的交流变得顺畅起来，省去了烦琐的手续，得以直切核心。

“因为我忘却了部分过去的记忆，有些事似乎还没有准备好，所以你无法告诉我实情。”我引用了半个月前她的说辞，“你是这么设定的，对吧？”

“就是这样。”灯花简洁地予以肯定。

“那要怎样才算‘准备好’呢？”

“我想想哦。”

她摆出一副烦恼的样子，但恐怕很久以前就准备好答案了吧，估计在和我相遇的那个时间点就已经想好了。

“让我，放下心来。”

她用左手按着胸口说，就像是在确认肺部的状况——脑内会浮现出这种形容，毫无疑问是受了义忆的影响。

“如果你能证明，无论知道了什么都不会自暴自弃，坚强地活下去，我就把你想知道的都告诉你。”

接着，她规定了证明的手段。

“从今天开始，请你遵照我定下的规矩来生活。”

“规矩？”

“没错，生活上的规则。”她换了种说法，“千寻，大学的暑假放到什么时候？”

“九月二十日左右吧。”

“如果到那天为止你都能遵守规矩，我就算你合格。”

她不知从哪里掏出一本便笺纸，上面已用签字笔逐条写好了规矩。

“如何过暑假”——这是第一行。

我想起小学放暑假前会发一张通知，现在就正好是这么一种感觉。其实，她写的多半是像“保持有规律的生活”“饮食均衡”“迈开腿，适度运动”“小心伤病、注意健康”“帮忙做做家务”之类的内容，就是小学那张通知的翻版。在这些宛如田园诗的内容里，“不许喝酒”“不许抽烟”两条可谓放射着异彩。

“一滴都不能沾吗？”

“嗯，不能。“

“一口都不能抽吗？”

“嗯，不能。”

“好难啊。”

“我会好好监视你的哦，为了不让你耍滑头。”

说完，灯花打了个小小的哈欠。这才晚上十点，她就已经换好了睡衣，一脸瞌睡样。想必她的生活健康得跟小学生似的吧。

又打了个哈欠后，她说了句“差不多该睡啦”并站起身。

“明天我会来叫你起床的哦。晚安。”

她抬起胳膊，在齐肩的高度轻轻挥挥手，然后回到自己的屋子。

晚安。

仔细回想一下，我的父母既不会说“早上好”也不会说“晚安”。对我来说，“我出门啦”“我回来啦”“路上小心”“你回来啦”“我开动了”“多谢款待”，这些话都像是杜撰出来的。一般的家庭成员间都会有这类日常的交流，但少年时代的我却很难理解这个事实。

我试着轻声嘟囔了一句“晚安”。

这句话听上去好柔和啊。

如此这般，她和我的暑假正式开幕了。

*

那之后的一段时间里，我们遵循着以下的作息安排。

6点00分

每天早上，灯花会来喊我起床。既不是摇肩膀，也不是拍手，而是蹲在我枕边轻声地说:“再不起来，我要捉弄你咯。”这是义忆中某个场景的再现吧。

第五天，我实在困得要命，便假装没听见。她似乎并没想好“捉弄”的具体内容，逡巡了好几分钟。发了半天愁后，她小心翼翼地钻进了我的被窝。我继续装睡，不一会儿她竟抵抗不过紧张感，从被窝里退出来叹了口气。她是出人意料的纯情，还是故意演了一出戏呢？我装作刚醒并爬起来时，她只说了一句“早上好”，同时嘿嘿地傻笑起来。

7点00分

我和灯花一起吃她做的早餐。她擅长做饭，不过早餐基本都很简单。然而，我吃得很香，真不可思议，或许也有每天运动（后述）的功劳吧。日式早餐相对更多一些，我发现她对味噌汤有着奇怪的讲究。“杯面暂时归我保管。”她事先叮嘱道。反正我也不是因为喜欢杯面才吃它的，于是就乖乖听命了。

8点00分

在我洗脸刷牙的时候，灯花会洗餐具。毕竟没什么事情要干，我经常犯困，会想再睡会儿，可她会在一旁监视，要是我露出瞌睡样，就会被她揪耳朵。没办法，我一般只好去学习或是看看从图书馆借来的书。上午的时间过得很悠闲，你以为快中午了吧，结果连十点都没到，这种情况屡见不鲜。时间大概会随着阳光的热量而膨胀。每次看钟，我都会被一天的漫长打击。

10点30分

这个点是打扫和洗衣服的时间。要是屋子很干净，也没积着什么要洗的衣物时，我和灯花会用她拿来的唱机放音乐听。唱机果然是义忆中出现过的同款机型，唱片也全跟义忆里的一样。一听起老音乐，我就会觉得自己仿佛置身于宁静草原的正中央，不由得犯起迷糊。这时哪怕我睡着了，灯花也不会把我叫醒。应该说，她自己也时不时会睡着，然后往往正好靠在我肩上。她呼吸的律动令我真正感受到自己身边有人陪伴。

12点00分

我和灯花一起吃她做的午餐。她总是做得特别多。问她为什么要做这么多时，她只会回答“为了把千寻喂肥了吃呀”，自顾自地笑个不停。她本人明明只有我一半的饭量。吃完饭我们会喝杯焙茶，稍微发发呆。窗户敞开，外面会传来附近公园里孩子们的嬉闹声。

13点00分

要打工的日子里，这个时间我会离开公寓，灯花也会回自己屋子。我想不出来那之后直到我回家的这段时间里她会干些什么，可能在重新构思诈骗计划，可能在阳台上给喇叭花浇水，也可能脱下了“夏凪灯花”的画皮，一边晾着一边摇起团扇乘凉。她会做什么都不稀奇。

不打工的日子里，我会做运动。具体来说，我会蹬起载着灯花的自行车，飞驰在乡间小路上，一直骑到邻镇（她自己在后座上绑了个坐垫，准备够充分的）。这也算再现了义忆的一个场景吧。

她写的“如何过暑假”中有一条“适度运动”，但怎么想我都已经运动过度了吧。为了避开别人对我们骑车载人颇有微词，我选了条不显眼的路线，因此很多道路都颇不平整。毕竟后座载着灯花，我在下坡时也不敢冲得太快，为保持重心还得时时谨小慎微，于是更耗费体力。加之稍有点不稳灯花就要搂住我，搞得人心里七上八下的。汗津津的身体紧紧贴在一起时，那种感觉无时无刻不扰乱着我的心绪。也不知道灯花到底明不明白我这么费神，每次搂上我时她都会咯咯地笑。

到达作为折返地的公园时，腿已经完全麻了。下了自行车，我一般已经走不动了。喝点水壶里的冰麦茶，接着我要在河边的长椅上休息个二十分钟。河对岸有间陈旧的医院，窗户后面偶尔会闪过人影。不知是不是对医院里面的状况感到好奇，灯花每次来到这里都会从防护栅栏上探出身去，远眺医院。

休息结束后我再次跨上自行车，心无杂念地踩起脚踏板。太阳慢慢西斜，我一路骑向公寓。前方是在夕阳中渐渐变得昏暗的电线杆和电线，它们单调地不停延伸，让人感觉整个世界的分辨率好像在逐段下降。偶尔吹过的晚风颇为舒心。

18点30分

冲个澡洗掉汗水后，我们会去附近的超市购买食材。我可不喜欢总欠她的人情，所以这时候会由我来负担开支。“既然你想这么做，那就随你吧。”灯花稍有些不情愿，但还是很干脆地妥协了。她一边轻巧地往我拎着的购物篮里放食材，一边故作纯真地笑着说：“这么一来，显得我们好像新婚宴尔呢。”

走出超市的时候肚子已经饿得咕咕叫，我已经考虑不了除晚饭外的任何事情了。这是以前的我所不能想象的。田间小径旁的防盗灯寿命将尽，神经质似的忽明忽暗。在路边，好几种夏季昆虫的叫声此起彼伏。这时灯花会随性地抢过我一只手中的购物袋，然后勾上我空出来的手臂。她的胳膊出人意料的细瘦、柔软、沁凉。

有一次，我们在这样的状况下意外遇到了江森。看到灯花挽着我的胳膊，他瞠目结舌地望了我一眼后，再次将注意力放回灯花，然后像是意识到什么似的睁大眼睛靠近她，不礼貌地盯着她的面孔。

灯花畏缩身子着问："请问，你有什么事？"然而江森闭口不答，似乎要将她的脸看出一个洞似的凝视许久后，才挤出一句"我好像在哪里见过"，但说到一半又好像改变主意似的闭上了嘴。随后，江森恢复回往常那副超然的样子，用力拍拍我的肩，说了句"行吧，好好干哦"便飘然而去。这是让我努力撕下骗子的面具，还是叫我好好和她相处呢？见我一脸不知所措，灯花轻轻拍了拍我的肩，耳语道："人家都这么说啦，那就好好干吧。"

19点30分

我和灯花一起吃她做的晚餐。晚上会有很多她精心烹饪的菜色。大多数菜都太适合配啤酒了，我偶尔会不抱希望地跟她说想喝一杯，这时她会让我喝点冰镇甜酒。也算是有其独到的风味。

21点00分

换作以前，这会儿可是我身体状况最佳的时间段，但现在我已困得不行。一天快结束时，灯花会做一次讲评。我屋里的墙上贴着一张日历，分为星期几、天气和当天记事三栏，跟小学暑假要求写的"一行日记"一个样。她会在日期旁边盖章，表示我遵守了她的规矩，就像广播体操积分卡似的。

接着她会在"记事"那一栏里写下当天发生过的事，诸如"千寻晒黑了”“千寻居然添了两碗饭”这类无关紧要的内容。我觉得小学生写的都比这个有看头。

结束后她会说句“晚安”并回到自己的屋子。我稍微冲个澡后便钻进被窝，不出十分钟就能进入梦乡。这样的生活简直和十岁小孩一样健康，二十岁的我们这么做，反倒显得不太健康。

可要是说我过得不开心，那就是骗人了。

*

“一行日记”持续了二十天。

八月二十三日　多云　千寻一直心神不宁。

八月二十四日　多云　千寻假装没有心神不宁。

八月二十五日　晴　千寻馋酒喝，我训了他。

八月二十六日　晴　千寻居然添了两碗饭。

八月二十七日　雨　千寻不起床，我捉弄了他。

八月二十八日　多云　有小朋友嘲笑我们骑车载人。

八月二十九日　晴　累死了。

八月三十日　多云　今天平平淡淡，太棒了。

八月三十一日　晴　区区千寻有什么了不起的。

九月一日　晴　千寻晒黑了。

九月二日　多云　千寻好像也有朋友。

九月三日　晴　~~千寻害羞了~~。被灯花陷害了。

九月四日　晴　只剩几天啦。

九月五日　晴　千寻竟然给我做了饭。

九月六日　晴　烟花好漂亮。

九月七日　晴　千寻真讨厌。

九月八日　多云　千寻跟我道歉了。

九月九日　多云　千寻真温柔。

九月十日　雨　好幸福。

九月十一日　晴　灯花不见了。

*

“我说，要接个吻试试吗？”

九月十日。天气预报说傍晚有雨，不过庙会还是如期举行了。那是附近神社主办的小型庙会。

这天，我们没有骑车远行，下午就悠闲地待在屋里。太阳开始西斜的时候，我们离开公寓往神社走去。所幸，雨暂时还没有开始下。

灯花穿着藏青色的浴衣。不必说，就是和义忆中她十五岁时所穿的那件一模一样——有着烟花图案的浴衣。当然，灯花也别着红菊发饰。和那天不同的一点是，她让我穿上了她准备的缩织布浴衣。这是我生来第一次穿着浴衣走在外面，一路上非常不自在。

灯花拐去商业街的照相馆买了个一次性胶片相机，然后趿着木屐，忙不迭地从不同距离、各个角度给我拍照。我问她为什么不用手机自带的数码相机拍，她却给了我一个莫名其妙的理由：“因为这是证据照片。”应该没什么深意，仅仅是因为她想这么干，所以就这么干了吧。

我的眼睛已经适应了昏暗的暮色，因此闪光灯显得十分刺眼。

到达会场后，我们先逛了一圈小吃摊，各自买了想吃的食物，然后开始找能安静坐下的地方。以这个庙会的规模来说，参加者还算挺多的。我们绕到拜殿后方，在连接小学与神社的石阶中段并排坐了下来。仅凭石阶顶端的一盏防盗灯，光基本照不到我们。

薄暮之下，灯花的侧脸显露出一种不太对劲的美。或许真的是哪里不太对劲吧。她五官端正，确实高于平均颜值，但也没有惊艳到引众人回首的地步。应该说，她的气质如同悄悄沉睡于仓库深处的手风琴，只能算是一种无用之美吧。而这种美之所以会如此打动我的心，无非是义忆给我的眼睛蒙上了几重滤镜罢了。

然后我不由自主地回想起来了。灯花肯定从一开始就冲着那回事才选了这个地方。我很清楚她接下来张嘴会冒出什么台词。

时机到了。灯花开口说：

“我说，要接个吻试试吗？”

十五岁的灯花和二十岁的灯花，重合了。

“用这个办法来确认看看，我是不是真的只是个骗子啦。”像那时一样，灯花口气轻快，“说不定失去的记忆会复苏哦？”

“靠这点小事就能复苏的话，那早该复苏了吧。”我也口气轻快。

“好啦好啦。你要是不装出被骗的样子，剧情就推进不了了。”

灯花面朝我，闭上了眼睛。

这不过是演戏，或是揭露真相所需的必要经费罢了，而接吻什么的本来就没什么大不了——像这样拉好几道防线后，我卑微地叠上了她的嘴唇。

嘴唇分开后，我们并没有装作无事发生。

“怎么样？”这次是她先问，“有什么感觉吗？”

“有是有。”我只说了这么一句。

“哦。”灯花双手合十，两眼放光，“千寻，你变耿直了呢。”

“撒谎也没什么用吧。”

“我的心也跳得超快的哦，毕竟是相隔五年的吻。”

“是这种设定吗？”

“就是这种设定。十五岁和千寻分开以后，我就一直独自生活呢。”

“真是个值得表扬的发小。”

“可不是吗？”

接下来是一段长长的沉寂，我们默默地吃着从小吃摊买来的食物。

刚准备站起身去扔垃圾时，她不经意打破了沉寂。

“我说，千寻。”

“什么？”

“放心吧。这个夏天结束以后，我就会从你面前消失的。”

突如其来的宣言。

我以为又是灯花特有的兜圈子式玩笑。

可从表情和语调来看，她是认真得不能再认真了。

“留给我们的，只剩这个夏天了。所以，如果你能陪我把这个谎撒到最后，我会很开心的。”

说着，她一反常态，略显矜持地靠到我的肩上。

“你的目的到底是什么？”

反正她也会岔开话题吧。

“总有一天你会明白的啦。虽然这个目的还挺复杂的，但我想你应该能理解这份用意。”

她从来没有这么老实地回答过。

迟到的雨下了起来，晚于天气预报足有两小时。倒是一场令人神清气爽的大雨。穿着浴衣无法跑回去，我们便在途中的巴士站躲雨。这情景简直就像有谁事先模拟操作过一番。可是，她应该也没那么大本事操纵天气吧。巴士站里有把被人遗弃的伞，是被上个月的台风蹂躏后留下的残骸。

和八月的雨不同，九月的雨带着明确的恶意。躲到屋檐下之前我们便已浑身湿透，雨水一点一点地夺走我们的体温。

瘦弱的灯花抱紧自己的身体，忍耐着寒意。而我体内的“天谷千寻”则渴望着抱紧她，温暖她。

然而我扼杀了这种冲动。我有种预感：如果此刻屈从了，义忆中的我就会取代现实中的我，从此我便再也不可能找回当初的自己了。

于是我问：

“冷吗？”

灯花看了我几秒，接着低下头说：

“嗯。不过，我觉得你会来帮我取暖。”

那个声音像是带着甜蜜的诱惑。

要是没有这场雨给脑子降降温，我怕是抵御不了吧。

“……抱歉，我没办法那么直接。”

她听罢，略带讽刺地笑了。

漏着雨的巴士站里，只有这个笑容是干枯的。

她用鼓动性的口吻说：

“为什么，害怕动真情吗？”

“是啊，害怕。”

沉默从天而降。

我将屋顶漏下的雨滴数到了十。

她浅浅地吸了一口气，然后露出了面具下的部分真容。

“老老实实上我的当，那该有多好啊。

“只要你愿意，我明明能把一切都给你的。”

她的声音微微颤抖。

“你想要的一切，我掌握得一清二楚。”

说得没错啊。

如果可以，我也希望被她的谎言欺骗，浸入义忆与她编织出的温柔乡，盲目地爱她、为她所爱，哪怕一切只是梦、义忆或是错觉。

她应该会把一切我所渴望的东西都给予我吧。

然而。

也正因如此。

我吞下即将喷涌而出的千言万语，只将思绪汇成了一句话——

“我，讨厌谎言。”我直直地注视着她。

她的表情没有丝毫的变化。

那双眼睛像是在看着我，又像是在放空。

她跟往常一样笑得纯真无邪。

不过那时，她心中有个地方溃决了。

顺着她面颊滑落的那一道水痕，多半不是雨水。

“我，喜欢谎言哦。”

说着，她像掩饰泪眼一般背过身去。

在那之后，雨下了快一个小时也没停。其间，我们背靠背分享着仅剩的温存。

这是我——现实中的天谷千寻的极限了。

雨停以后，我们无言地回到了公寓，接着走进各自的屋子，等待各自的下一个早晨。

第二天，她的身影消失了。备用钥匙放在我的枕边，应该是趁我睡着的时候还回来的吧。

九月十日的“一行日记”里，留下了她独有的告别语。

九月十日　雨　好幸福。

我在隔天那栏里写道——

九月十一日　晴　灯花不见了。

如此这般，她和我的短暂暑假宣告闭幕。

*

“现在千寻也是我的英雄哦。”

搬家的前一天，灯花吐露道。

书房已空空如也，可我们还是在房间一角依偎着彼此。

“是千寻带我逃离了黑暗哦。”她继续说，“你一直跟没有朋友的我在一起，无数次救了哮喘发作的我。要是没有你，我可能早就绝望而死了。”

我笑着说了一句“太夸张了啦”。

她也笑着回了一句“真的就是这样啦”。

“所以呢，哪天要是千寻碰上了什么事，到时候呀，我就去做你的英雄。”

“女孩的话，难道不该叫女英雄吗？”

“啊，对哦。”

她思考了一会儿，忽地微笑起来，说道：

“那么，我就去做你的女英雄（Heroine）[1]。”

经她这么一说，这句话显得有些意味深长。

1 注：该词也有“女主角”的意思。

07

祈祷

祈り

那场大雨过后，晚风中飘散起夏末的馨香。将死之蝉苟延残喘，振出沉闷的翅音，趴在地面挪来挪去。路旁的向日葵像落水狗似的垂头丧气，再也没有仰起脸来。

夏季正在落下帷幕。

从灯花手中解脱的我，独自喝下琴酒，抽烟，吃饭，然后继续喝着琴酒。花了二十天构筑起来的生活规律仅在一天内就崩溃了。建立总是困难的，破坏却是出乎意料的简单——这个道理倒是放诸四海而皆准。

不过，好歹饮食生活没有变得那么堕落。每天傍晚我会去超市买食材，花点时间烹饪晚餐。这不是因为我吃腻了杯面，只是恰好能给闲得发慌的手解解闷罢了。站在厨房集中精神做饭时，我便不用去想那些有的没的。

虽说我没试过自己做饭，但旁观灯花做饭时，自然而然地也就学会了那些步骤。我凭着记忆，把她做过的菜一一重现了出来。吃完饭，洗完餐具，我又喝起琴酒。没事干的话，我会用她留下的唱机放放音乐。两人一起听的时候觉得颇为乏味的老音乐，独自品味时感觉倒还不坏。简单而缓慢的音乐正适合现在的我。

第四天，我接到了江森的联络。午睡醒来，只见手机上有电话留言。

我没多想便把录音播了出来。

“我知道夏凪灯花的真面目了。回头再联系你。”

把手机放到枕边，我再次闭上眼睛。

两小时后，有电话打进来。

我时隔两天冲了个澡并换上新衣服，往儿童公园赶去。

*

“详细版，精简版，你选哪个？”

江森开口就冒出了这么一句。我思考了五秒后，决定请他说详细版。虽然内心很想先听精简版了解真相，但我听完后肯定又会追问具体细节，打算尽量多地掌握能作为判断素材的信息，到时给出一个有别于江森的结论——这样的话，不如一开始就听详细版更好。

“这就得追溯到很早以前了。”江森说完后，略显迟疑地顿了一顿，“为什么我这个第三者会无视你这个当事人，自个儿去揭露夏凪灯花的真面目——要合理地解释这个问题，就不得不提到我在某个时期曾认真考虑过购买义忆这回事。而要解释我考虑购买义忆的原委，就不得不稍稍提到我的私事。尽管那些经历并不怎么开心，我也不太乐意在人前说起……”

他抓了抓后颈，呼地吁出了一口气。

“好吧，在这里跟天谷你坦白那些事，或许也不坏吧。”

我点点头，催促他继续说。

“你看看这个。”

说完，他递给我一个脏兮兮的学生证。

“这是我初中的学生证，”他说，“翻过来看看。”

学生证背面有在学证明栏，贴着江森初中时代的照片。

假如在一无所知的情况下单看这张照片，我大概不会发现这个人就是江森吧。

照片上的他和现在的他就是有这么大的差别。

直白地说，**那时的他很丑**。

“很见不得人吧？”江森的口吻，与其说带着自嘲，不如说更像是唾弃了，“凄惨的青春时代啊。同性也好，异性也罢，没人正眼瞧我一眼。学长们经常欺负我，学弟们也总当我是傻瓜，连老师都不把我当人看。每天我只是躲在教室的角落里，祈祷时间能快点过去。”

我看看照片上的他，再看看眼前的他，发现面相确实有一点点相似之处，但那种程度也就跟豆腐和纳豆都出自同一种原材料差不多。毕竟要说像，其实从两个无关的人脸上也能找得出相似点来。

“决心要改变自己，是十八岁春天的事，四年前的三月九日。”他继续说，“毕业典礼结束后一人走在回家路上时，我看见前面有对情侣。两人和我穿着相同的校服，拿着装有毕业证书的圆筒，因此我知道他们是同校、同级的毕业生。仔细一看，我发现女生是我的同班同学，而且是班里唯一一个每天都会和我打招呼的女生。我算是在心底对她有一丝淡淡的爱慕之情，但因为明白自己配不上她，所以也没采取过任何行动。然而上课也好，午休也罢，一有空我就会偷瞄她的侧脸。”

江森从我手中拿走学生证，放回了口袋。恐怕他会定期翻出学生证追忆过去的自己吧，就跟卧薪尝胆一个道理。

“我之所以没能立刻反应过来她就是那对情侣的其中一方，是因为和男朋友并肩走在一起时，她脸上浮现的表情跟我在教室里所见的完全不同。原来她真心感到幸福的时候，笑起来是那样的啊。她长得很漂亮，有男朋友也没什么可惊讶的。我从没指望过自己能够拥有她，所以那会儿也没有什么所谓嫉妒的情绪。原本我对自己的评价就已跌到了谷底，再也不会比这更惨了。当时的我只是觉得‘她看起来好幸福啊’。”

你的话，应该能懂这种心情吧——他瞥了我一眼，仿佛如是说。

当然懂啦——我也用眼神回答他。

“然而不知为什么，为新生活做准备的时候，我无数次回想起当时那个画面，被它剧烈地扰乱了情绪。打包行李时，往返于垃圾场和自己家时，购买生活用品时，我一直都在脑中反刍着毕业典礼后回家路上见到的那个场面。做好搬家的准备后，我在空荡荡的自家房间里躺成个‘大’字，开始仔细地思考自己究竟想让自己变成什么样的人。而那天晚上我决定了，我要从头开始。”

像是在等这段话的意义渗入我的大脑一般，他停顿了几秒。

“所幸，我进的大学里认识我的人一个都没有。我把搬家的日程提前，开始了一个人的生活。接下来为了脱胎换骨，我把所有能想到的方法都试了个遍。大学开学后的一段时间里，我几乎不去学校，呕心沥血又禁欲克己地改造自己。每晚都会研究怎样的言行举止能吸引他人，每天都会去和大学无关的地方积累实战经验，还在不动刀的前提下修整了面容。像这样建立起一定程度的自信之后，我才开始正常地步入大学课堂。转眼间我就收获了众多的朋友和漂亮的女友，而在那之后我也没有中断改善自我的努力。倒不如说，意识到努力带来了如此显著的成果后，我的野心更是越发高涨。像是被什么东西附体了似的，我开始热衷起美容之类的东西。到了第二年，就算我不出手搭讪，也会有姑娘自动找上门来了。”

于是，他像试手一般对我展露了微笑。在抱着憧憬走进大学的女生看来，那可是一瞬就能让她们坠入情网的笑容。

“整个世界好像都在围着自己转，于是我开始积极地寻回失去的青春。就当作向当年的自己，以及当年不把我放在眼里的家伙复仇一样，我寻花问柳，像极了为永葆美貌而沐浴少女鲜血的中世纪贵族。我觉得，这么做就能拯救心中的那个自己——借此那个只配衔着手指躲在教室一角，眼巴巴望着拥有闪亮青春的同学们的自己就能够获得救赎了。”

说到这里，江森终于拿起啤酒喝了一口。啤酒似乎早已不冰了，他皱起眉头看了一眼罐子的标签，然后把里面的酒往地上一倒，将罐子当成烟灰缸抽起烟来。我也像是被勾起了兴致一般，给自己也点上了一根。

“大四的夏天，我突然清醒过来，然后参透了一件事：不管怎么挣扎，我都不可能找回失去的青春。说到底，十五岁该有的经历只在十五岁才能得到，如果那时没能得到，纵使后来的经历再丰富，十五岁的灵魂也永远无法得救。我终于意识到这个天经地义的道理。然后一切都变得很空虚，我不再花天酒地，并删除了所有女性朋友的联系方式。跟你关系好起来是在那之后不久的事，当时的我大概是在寻找同样空虚的伙伴吧。”

经他这么一说，我回忆了一下。在和江森变得关系密切之后，那些几乎天天找上门的姑娘就再也没有出现了。

没想到，两者间居然有着这种因果关系。

“知道‘Green Green’这种东西的存在是夏天快结束的时候，正好和现在差不多。”他终于提到了那个词，话题的内容渐渐开始接近正题，“这种专为使用者提供美好青春记忆的青春情结特效药，简直就是给我这种青春僵尸量身定做的替代品啊。我立刻就扑了上去，确切地说，是差一点就扑上去了，我甚至都约好了咨询呢。当时我觉得这么一来，二十岁的我还有十五岁的我就有救了。然而，我临时改变了主意，取消了咨询。”

“为什么？”这是我在对话中第一次插嘴。

他苦涩地歪着嘴角说：

“自己脑中最美好的记忆居然是他人编造出来的，这样未免太空虚了吧？”

我点头。

现在，我想自己总算是完全理解了这个人会跟我亲密起来的缘由。

“虽然放弃了购买‘Green Green’，但那之后我还是持续关注着义忆本身。在对义忆的调查中，我尤其被‘义忆技师’这种职业深深吸引了。我始终直面自身的记忆，这是绝大多数人都比不上的。我觉得，像我这种对过去抱有无数‘完美理想’的人会很适合这份工作，于是就尽可能地收集了与它相关的信息。应该就是在这个过程中，我知道了她的存在。因为那篇文章是我大约在一年前一目十行看下来的，所以花了很长时间才想起来。半个月前看到走在你身旁的女孩时，我萌生了一种既视感，而它的源头正是那篇报道。”

江森用手机给我看了一篇登在新闻网站上的报道，开头标着三年前的日期。标题则是这样的——

十七岁的天才义忆技师

“前言拖得太长了，我直接说结论吧。”江森说，“夏凪灯花是位义忆技师。你脑中关于夏凪灯花的义忆，恐怕是她亲自制作出来的。”

他把画面往下滑，然后将显示出来的照片放大。熟悉的面孔跃入我的眼帘。

那是相隔四天的，夏凪灯花的笑脸。

*

回到公寓后，我将那篇报道翻来覆去看了好几遍，接着上网收集了一些和她有关的信息。

夏凪灯花不是她的本名，但假名跟本名并没有多大不同，只是换掉了名字里的一个辅音罢了。或许她觉得，对付我这种人，最低限度的伪装就够用了吧。或者她是为了防止自己一不小心将本名说漏嘴，预先留好了这么一条方便蒙混过关的退路吧。

她是当时最年轻的义忆技师，十六岁就受聘于某大型诊所，一边念高中一边制作义忆。

短短三年间，她就完成了五十款以上的义忆。即便不考虑她的年纪，这种速度也够异常了。而且不仅是光有数量，这些义忆的质量也相当高。毫无疑问，她作为义忆技师界的一颗新星备受瞩目，可快到二十岁生日的时候，她突然向诊所递交了辞呈，之后便销声匿迹。当时这件事在业界也算是一条不小的新闻，一心期盼着她作品的人都难掩失望。她描绘出来的义忆和其他技师的作品有着某些决定性的“不同之处”，那是她以外的任何人都模仿不了的。

她本人将那些无与伦比的“不同之处”称为“祈祷”。

那篇登在新闻网站的短短采访中，灯花基本上只用一些轻描淡写的措辞谨慎地回答记者的提问。为了从这个十七岁天才义忆技师嘴里套出点孩子气的反应或是野心勃勃的发言，记者可谓费尽了心机。然而访谈越是深入，她就越把自己关在壳里，然后谦虚地给出一些无可非议又无趣至极的回答。

真正引导她说出了内心想法的问题，只有最后的两个。

“人们说，您和其他义忆技师制作出来的义忆有着某些决定性的‘不同之处’，具体指的是什么呢？”

对此，灯花的回答是这样的：

“我想，应该是‘祈祷’吧。”

“‘祈祷’是什么呢？”记者紧咬不放。

而灯花简洁地答道：“概括地说，就是‘贴合’。”

不过说真的，那是因为无法用“祈祷”之外的词语来代替吧？

我多少有点这样的感觉。

接下来记者问的是身为义忆技师的最终目标。灯花是这么回答的：

“我想制作出浓烈到足以颠覆对方人生的义忆。”

我就是她的实验品吗？

利用义忆来颠覆我的人生，这就是她的意图吗？

那笑容，那眼泪，不过是为了扰乱我的心绪而演的戏吗？

我应该生气吧？我应该为被她自私利用而感到愤怒吧？如果是一个月前的我，确实会这么想。

然而现在的我却不可能生气。事到如今我已知晓了真相，只可惜一切为时已晚。哪怕我对她投以负面情绪，这一连串的暑假记忆也都会全方位地阻挠我。已经不是“恨不起来”的问题了。我反复地看着十七岁的灯花的照片，每看一次，胸中都充满了爱怜。

不可思议的是，十七岁的灯花比我所知的二十岁的灯花看上去要年长一些。照片里的她，眼角透露着疲惫，身穿高中校服的样子甚至透着一丝不协调感。或许那身打扮更适合现在的灯花吧。

而我重新一琢磨才发现，二十岁的她看起来太过年轻了。可以说照片里的她像二十岁的，也可以说现在的她像十七岁的。

这种错位意味着什么呢？只是因为紧张，所以不上相？还是因为辞去工作后释放了压力，所以重返青春了？或者是因为要骗我，所以她尽可能去贴近义忆中的样子？

在镜头前摆出一副僵硬笑容的十七岁的灯花，同时透出了一种在不远的将来，她会拥有的气质。

思维的车轮片刻不停地空转着。在失眠的夜晚，我能依靠的果然只有酒精。将忘却之水注入杯中后，我迷走在飘荡着颓废空气的琴酒街里。

父亲也是个嗜酒之人。这世上有享受现实的醉鬼和逃避现实的醉鬼，父亲明显是后者。假如没成为义忆中毒者，他也只会沦为更加麻烦的酒精中毒者吧。父亲有着不值得任何人称赞的细腻心思，成天都是一副快要窒息的样子。

我人生的唯一目标就是绝不成为父亲那种人。然而，或许我和他只是表现方式不同，骨子里的我可能已经不幸成为和父亲十分相似的人了。碰上不合心意的事，我们总会选择逃避，任由事态越发恶化，可即使如此我们仍会选择不停地逃避。

漫不经心地望着墙上那张“一行日记”时，我发现自己的视线难以聚焦。闭上眼睛，我感觉自己仿佛置身颠簸于大浪之中的船上。我踉跄地走去厕所，把胃里的东西一吐而尽。上次喝到吐还是一个月以前的事。那天我本打算喝下“忘川”，结果没喝成，又认错了人，然后自暴自弃地狂饮，被赶出小酒馆，最后步行回公寓，接着遇见了她。

夏凪灯花。

我无法释怀的只有一点。最后那天，灯花提到扮演发小的理由时，是这么对我说的：

“总有一天你会明白的啦。虽然这个目的还挺复杂的，但我想你应该能理解这份用意。”

然而，“颠覆对方人生”算得上是复杂的目的吗？

从“我想你应该能理解这份用意”这句的表达来看，是不是说明一般人很难理解这个目的？

我总觉得自己似乎看漏了某个十分致命的方面。

如果她真的只想颠覆我的人生，办法应该不止一种才对。比如说不顾“Green Green”的内容，纯粹以“与义忆中的发小眉目相似的女孩”身份出现在我面前，演绎成一场命中注定的邂逅，这应该就足以轻松地笼络到我，同时不会让我产生多余的怀疑。我难以相信她连这点想象力都没有。

可是，没想到她却故意选了一种成功率很低的方法，即作为义忆中的发小本人现了身。难道她对自己制作的义忆所产生的影响这么有信心吗?

事实肯定不止这么多。我想，恐怕她是不得不成为我最爱的发小本人。在我知晓那个理由之前，就绝不能说我理解了她的真意。

思维的车轮更激烈地空转起来。

*

不知不觉，天空开始发白。哪怕借助酒精的力量，我最终还是没能睡上一觉，加上喝过了量，全身疲乏得不行。头晕目眩，喉咙疼，而且肚子还饿着。

我从被窝里爬出来。或许阻碍我睡眠的是饥肠辘辘的状态，可是为我做早饭的发小已经不在了。我看了一眼冰箱，只剩几片卷心菜的菜叶和一点点橙汁。喝干最后一滴橙汁后，反倒更饿了。我放弃了睡觉，就这么穿着睡衣、趿拉着凉鞋出了门。

就在打开门的瞬间，我发现视野的角落里有什么东西在动。我反手把门关到一半，条件反射地看去。

那是个女孩，年纪在十七岁到二十岁之间。那身打扮像是去遥远的地方参加完葬礼后，坐着早班车回来一样。在晨光照耀之下，她的手脚白得很晶莹剔透，刮过走廊的风将她那长而柔软的黑发吹得蓬松。

然后，时间静止。

她维持着将门开到一半的姿势，我维持着反手将门关到一半的姿势，无形的钉子固定住了整个空间。

像是暂时丧失了语言这种概念一般，我们无声地对视良久。

最先反应过来的，是我的嘴唇。

“……灯花？”

我叫了女孩的名字。

“……请问您是哪位？”

女孩忘记了我的名字。

第七首曲子渐弱时，沉默笼罩了微暗的书房。

“结束了吗？”我小声问。

“才一半呢。”灯花也小声回答。

她站起身，轻轻地抬起唱机的唱臂，放开唱针，然后谨慎地用双手将停止转动的唱片翻了个面，再放下唱针。稍稍歇息过后，唱机再次开始演奏。就好似帮四脚朝天、动弹不得的乌龟翻了个身一样。

她回到原位坐下，像是说悄悄话一般在我耳边轻声道：

“唱片的A面放完以后，得翻过来放B面呢。”

*

自此，故事进入B面。

08

再现部

リプライズ

我有一个素未谋面的发小。我没见过他的长相，没听过他的声音，也没碰过他的身体。然而，我感到他就在我身旁，觉得他十分可爱。我一直被他拯救。

他不存在于现实。更准确地说，他只存在于我的幻想中。在无法入眠的漫漫长夜里，我那因缺氧而变得意识模糊的大脑制造出了他——这个一厢情愿的幻象。可是，这个幻象在我心中却逐渐有了清晰的形状，最终化作对我来说无可或缺的朋友。

他没有名字。一旦给他起了名字，反而会更凸显出他的不真实。我只管他叫“他”。“他”是我唯一的发小、理解者以及救世主（Hero）。

在“他”存在的虚构世界里，我是幸福的。

而“他”不在的现实世界里，我是不幸的。

世界之于小时候的我，是个令人窒息的地方。不是比喻。这里确实是个令我在精神上喘不过气的地方，而在那之前，其实我的身体早就已经喘不过气了，如字面所示，我甚至无法自由呼吸。这里确实是个令我在精神上痛彻心扉的地方，而在那之前，其实我的胸口早就已经堵得慌了，如字面所示，我的胸口简直快要被撕裂了。

呼吸困难、喘不上气、奄奄一息——人们常会在无意间用上这类词语，可实际上，又有多少人真的体会过快要窒息的感觉呢？大家都在无意识地呼吸，包括睡着的时候。普通人在生活中基本与窒息无缘。

当时我极为严肃地对待呼吸，一天里的大部分时间都是在思考呼吸中度过的。就像老练的摄影师能感知空间内的光量一般，我也能感知空间内的氧气浓度。无色无味的空气，我却感觉它拥有棱角。而在人们都进入梦乡的时候，我会全神贯注地呼吸，将潜水艇通气管般细细的触角伸进夜幕，拼命地吸取空气。

如今科学技术发展蓬勃，科学家甚至能通过微型器械在人脑中植入架空的回忆，对比之下，哮喘已不再是会让人陷入绝望的重病。事实上，只要不是特别严重的病，运用正确的知识予以应对的话，绝大多数患者都能过上和正常人一样的生活。

问题是，我的父母并没有掌握正确的知识，他们只觉得哮喘是“偶尔会止不住咳的病”。那两个连花粉症都没得过的人，想必永远都理解不了气管阻塞导致的呼吸困难会是什么感觉。

不，本质问题恐怕还不在那里。他们缺乏的既不是经验或知识，也不是感情，而是最初步的想象力。我的父母从根本上就误解了“理解”的概念。哪怕他们能引导对方贴近自己的世界，也做不到让自己的世界贴近对方。他们始终在自己那狭窄的小圈子里，自以为是地打转。

更糟糕的是，他们对所有科技都抱有毫无根据的不信任感。哪个时代都有这种人。他们的思考方式保守陈旧，只会一味从“自然”两个字里品出过剩的价值。他们真的会相信那些跟笑话似的歪理邪说，比如把人带去医院，那人就会染病等。他们坚信药物有害健康，治疗会折损寿命，所有毛病都是医生们巧妙谋划的自导自演。这大概就是他们得的绝症吧。

对他们来说，只有原生事物才是善，与它对立的则全是恶。而常年受这则信条折腾、消耗的我，注定般地拥抱了与他们正相反的信条——憎恨原生事物，热爱被建构的事物。

在这样的背景下，“他”诞生了。

我脑中出现的是漫长而黑暗的夜。

那时，我很惧怕夜晚——虽然现在也仍旧惧怕，但原因和当时的不同了。要是问我哪个稍微好些，我只能回答：哪个都糟透了。痛苦是不分什么好坏的。然而，如果痛苦的量是相等的，那果然还是儿童时代的绝望更强烈吧，因为当时的心智更脆弱。

结束一天的生活，钻进被窝后，我的呼吸就会开始紊乱。最先是轻微的咳嗽，那是痛苦在敲门的声音。这么一来，我想睡也睡不着了。咳嗽会愈演愈烈，在凌晨两点前后恶化到极致，接着持续一宿，仿佛自己的身体不让自己入睡似的。

仰躺会喘不上气，所以我会抱起揉成一团的毛毯坐着。随着时间推移，我的身体会越来越往前倾，最终变成跪伏的姿势。旁人看来，大概会觉得我在求饶，像是要变回不知痛苦为何物的胎儿，其实都不是，只是因为这个姿势最舒服罢了。

咳嗽虽然是最明显的症状，但并非痛苦的根源。真正令我痛不欲生的是呼吸困难。吸气和呼气这种人类与生俱来的，下意识便能完成的基础生理反应，对夜里的我来说都是件重大的任务。请试着把自己的喉咙想象成一个游泳圈的充气阀门，还有把肺当成一块坚硬的塑料——在这种状态下，根本无法随心所欲地吸气或呼气。

这种无法呼吸的感觉毫无悬念地跟恐惧死亡直接挂钩起来了。总有一天，我的喉咙会完全闭塞吧？像吸进了塑料袋的吸尘器那样停止运转吧？到时候我大概哼不出声了吧？为了求助，我会拼命制造声响，可还是谁都注意不到我。害怕、恐慌、战栗，我的喉咙会郁结着种种哀鸣与诅咒，直到呼吸停止……一想到这里，恐惧就会令我泪流不止。

我的房间与父母的卧室稍有些距离，那里面也放着我的床。四岁以前我还和他们睡在同一间卧室，五岁生日过后不久，床就被搬出来了。“那边离厕所近，你也方便，不是吗？”母亲假惺惺地辩解道，但怎么想那都只是一种隔离措施，他们估计忍不了我整夜咳嗽，扰人清梦吧。这种心情我倒也不是不明白。

尽管父母说，出了事可以立刻喊他们来，但哮喘发作起来，我不可能喊得出那么大的声音，隔着走廊叫醒位于对角线另一端的他们。在我看来，这种隔离措施就等于宣判了死刑。再者，即使我能拼上小命爬到他们的卧室，他们也不会有任何行动。我永远都没办法习惯哮喘发作，但不知不觉中父母已对我的发作熟视无睹了。只要不是特别严重，放着不管第二天一早就会好起来——明白了这回事后，不论我表示自己有多痛苦，他们也都是一只耳朵进，一只耳朵出了。

七岁以前，若是发作严重，他们会连夜送我去急诊。听见门外有汽车引擎声，知道自己能去医院时，我的不安就会迅速散去。一想起医院的气味、点滴、吸入器之类的东西，我便会安定下来（我最喜欢医院了）。于是，不知是否受这种安心感的影响，我的发作偶尔会在到达医院的这三十分钟路程期间平息下去。这种情况反复出现了几次之后，父母开始怀疑我在装病，觉得我不过是为了博得关注而故意“大咳特咳”。

单是靠近医院就能缓和发作，这对哮喘患者来说是常有的事。然而，那时的我既没有这种概念，也没能客观、条理分明地解释自身的病情。父母的怀疑与日俱增。看到剧烈咳嗽的我，父亲会面露厌恶地说：“你咳得太夸张了。”母亲也会神情诧异地说：“真有这么难受？”从此，他们就对我的发作置若罔闻了。

有一次我实在无计可施，便自己叫了救护车。过后有段时间，父母一直都不搭理我，差不多隔了一周才终于对我开口，一张嘴净是斥责，“都怪你，让我们家出了丑”“你以为我们家很有钱吗”。幼小的我心想，大概我死了，这两个人才高兴吧。从那时起，我便基本不再对他人抱有期待了。

总之，能做的只有等待时间的流逝。我时而会从巢穴里伸出脑袋瞧一瞧枕边的夜光时钟，祈祷黑夜能够尽早结束。痛苦越强烈，时间的前进就越缓慢，我有好多次焦躁到恨不得打碎时钟的面板，直接抓着指针让它一圈圈地快进。而我会喜欢夏天只是因为，夏夜很短。

快天亮时呼吸会变得稍微轻松一点，我终于得以入眠。短短的瞌睡时间，我会幻想起“他”来。可是，两小时后我又必须起床去上学。这种病的烦人之处在于，在不咳嗽的时候，旁人一点也看不出我难受。即使身体很倦怠，跟父母提出想休息，他们也不会理睬。除非有体温计的数字或皮疹这类可见的证据，否则他们就不会相信我说的话。

拜其所赐，我永远都是睡不醒的。脑袋隐隐作痛，视野模模糊糊，任何声音听上去都像隔了堵墙，整天昏昏沉沉的。在这弥漫着薄薄雾霭的世界里，只有痛苦和幻想是真实的。

随着年龄增长，我的症状慢慢减轻，而哮喘对心身疾病方面的影响却逐渐增强了。我不再那么容易受环境影响，反之却对不安或压力变得敏感。“做这种事或许会引起发作”“可不能在这里发作”，对发作的担忧本身成了最大的诱因。

如果这时身边有人在精神上予以支撑，我的哮喘大概能更早治好（当然，要是能去医疗机构接受对症治疗就再好不过了）。这个人会帮助我、理解我、呵护我，如果我的身边能有这么一个人，至少会大大削减由不安引起的发作次数吧。

我没有朋友。原因在于六岁时我曾患胸膜炎，从冬季起住院到春季，导致小学上晚了一些[1]；也在于我被禁止外出，“毕竟不能给别人添麻烦”；又在于我不能运动，无法像周围的孩子一样玩耍；还在于远足或运动会之类的活动我基本都会缺席。

可是最大的原因，在于我的性格。疾病让我成了一个自卑而且容易自责的人。我认为自己的肉体是残次品，无法让我过上理所当然的普通生活，自己这种人光是站着，对周围来说都会是个巨大的麻烦制

1 注：日本的学校每年春季开学。

造者。这些的确是事实，但生下来还不满十岁的孩子是没有义务去面对事实的，她只需大大咧咧、厚着脸皮地活着。

然而，对我来说最亲近的那两个人非但没让我走出自卑，而且还反过来推波助澜。他们的言外之意是，你活在世上麻烦到那么多人，好歹低眉顺眼一点吧。我无时无刻不接受着自我诅咒的教育，在这种情况下，又怎么可能交得上什么朋友？

学校没有给我留下任何美好的回忆。在本地的公立小学上学时，我就只是个极其凄惨的生物。

当时的我总习惯驼着背走路。走远路时为了呼吸能够顺畅点，人会很自然地就变成这种姿势，但这个习惯常会遭到同学的讥讽。看到有男生模仿那个姿势取笑我，我便会警惕地告诉自己:不能在这些人面前闹出大发作。他们会把发作当成嘲弄我的绝佳素材吧？并且接下来的几年都会揪着这段笑料不放吧？决不能让他们看到更多弱点。而我越是精神紧绷，教室里的空气就会变得越稀薄。

极少数人知道我身体虚弱，因为挂虑我而把我当成他们的伙伴。这类人一开始跟我亲如一家，总会配合我的步调。可过了一段时间，他们便会渐渐不满于我那神经质的举动，厌烦于跟我相处时就不得不谨小慎微的束缚感，最终疲惫不堪而纷纷离去。情况严重时，有些人甚至会憎恨我。于是，到头来我还是孤身一人。

总之不要让情绪太激动，快要发作时得不顾一切地冲去保健室——贯彻了这两条原则后，我总算没在同学面前露出丑态。事实上，这份努力在某种程度上也还是有效果的。可小学四年级的冬天，我在教室正中央迎来了一次重度发作。

事件的起因是，某个男生冲着我那像护身符一样随身携带的吸入器说了几句嘲弄的话。本来无视他也就行了，但那说法实在太过分，我一下子脾气上来了，便回敬了两句。男生没想到我会反击，不由得恼羞成怒，他觉得需要将这份怒气公之于众，便从我手里抢过吸入器，往教室窗外扔了出去。

我陷入了惊恐。在我正要跑出去找吸入器的时候，从未经历过的严重发作猛地向我袭来。

现在，我仍会经常梦见那天的状况。同学们的反应基本和我预想的一样。他们没有同情或关爱哮喘发作的我，反而把我当成滑稽又丑恶的怪物。从那以后，我基本不再出现在教室里。剩余两年多的小学生活，我一直是在保健室的床上度过的。

然而，保健室亦没有我的容身之处。其实掉队者也分小群体，存在“种姓制度”。保健室有保健室的小社会，难以融入其中的我继续遭人排挤。去保健室“上学”的学生里，有些人擅长讨好保健老师，有些人则不擅长。当然，我属于后者。

不过，即便保健室不足以被称为安居之地，跟教室比起来，它也能算是天堂了。在这里，我要么独自看书，要么睡个昏天黑地以挽救那经年累月的睡眠不足。五年级的森林夏令营也好，六年级的修学旅行也罢，我都是在保健室里睡过去的。不参加活动并没有让我觉得有什么好可惜的。

可能是因为保证了一定的睡眠时间，也可能是因为从周围同学目光的压力中获得了解放，两年下来，原本在年级里矮得垫底的我，身高快接近平均水平了。我还掌握了哮喘的相关知识，进初中后得以过上普通人的生活。只是那时性格孤僻已深入骨髓，我不再想跟任何人成为朋友了。

说来奇怪，我觉得如今要是交上了什么朋友，就无法对小学时代的自己交代了。要是现在的我否定了孤独，就等于否定了过去的自己，承认那充满痛苦的六年纯粹是蹉跎岁月。

我想继承她在暗黑岁月中创造出的孤独的发明，也想鼓励她，告诉她之前受的苦绝不会白费，当下它们还在我体内呼吸着呢。

我度过了孤独的初中生活和高中生活。我尚不知这个选择是否正确，但即使将过去一笔勾销，活得像个普通人，最终我还是会因勉强为之而满盘皆输吧。到时候，我会不会比现在更加孤独呢?

这就是我关于学校生活的记忆。在休息日，我会一直待在自己房里。虽说父母确实也禁止我随便出门，但我原本就没什么事情想出去干，也没什么人要出去见。学习也提不起劲来，其实我只要听听课就能拿下年级中数一数二的成绩，但再怎么勤奋，我也不觉得父母会让我去上大学。因此，我要么看看从学校图书馆借来的书，要么就用已经被父亲淘汰的唱机听听音乐。

既不想看书也不想听音乐的时候，我会透过飘窗向外眺望。我家建在高地，窗外能看见各式各样的风景。春天有樱花林道，夏天有向日葵田，秋天有红叶，冬天有枯树林道。我津津有味地望着它们时，便会任由思绪驰骋，想象着那个素未谋面的发小。

说真的，我需要家人、友人和恋人。我幻想着兼具三者功能的某个人。注定般地，我们成了发小。他会像家人那样温暖，像友人那样乐呵，像恋人那样可爱，方方面面都符合我的喜好。一句话，他就是个极致的男孩。

如果那时有“他”存在，一切会是何种情形呢？我滴水不漏地模拟了一番，一一取出过去的记忆，把“他”的存在添加进去，拯救在回忆中哭泣的每一个我。

如果那时，“他”邂逅了我。

如果那时，“他”帮助了我。

如果那时，“他”抱紧了我。

现在，我会过着怎样的人生呢？对我来说，这样的幻想相当于唯一的避难所。

*

人生的转机在我十六岁时到来了。

当前，既没学历也没工作经验的人想成为义忆技师，只有一个办法。知名的大型诊所会定期举行公开募集，报名后根据他们发来的“简历”制作义忆并提交，如果获得了诊所的认可就能直接受聘。把这个过程想象成新人文学征稿比赛的话，应该最好理解吧。门槛的高度正好也跟成为小说家差不多，说到底拼的是才能。有些人豁出命疯狂学习也无济于事，有些人打发时间写着玩儿的义忆却受到诊所的青睐。这跟年龄与经历无关，也不需要专业知识。就像小说家不必精通文字处理器的结构或印刷技术一样，义忆技师也不必精通脑科学或纳米技术。

其实义忆技师要做的工作几乎就和小说家一样，不同点在于，小说家预想的读者规模是数千数万人，而义忆技师预想的读者只有一个人（当然，或许也有只为满足一个读者而执笔的小说家）。小说家遵循内心的需求来创作，而义忆技师遵循外部的要求来制作（当然，或许也有遵循外部要求来创作的小说家）。义忆技师浏览完委托者的“简历”后，会以实用主义笔调编织整个故事，就像诗人向资助者献上十四行诗一样——或许这么说会更好听一些。

这是个非常一目了然的世界，既因为工作内容很单纯，也因为义忆技师仍是种新兴职业。今后应该会慢慢出台关于义忆的法律法规，情况也会渐渐变得更为繁杂吧。不过，因为我在事态发展成那样以前就放弃了这份工作，所以只知道这个世界中单纯的那部分。

十六岁时我就获得了义忆技师的工作。四年过去，即使在现在，十六岁的义忆技师也跟十六岁的小说家一样是凤毛麟角的。

知道义忆技师这种职业是在我十五岁的时候。填写升学就业调查表时，我有意无意地看了下职业一览，这个名词便倏地跳入眼中。或许因为父亲是牙科技师，所以我对“技师”那两个字有了反应。我不抱期待地看了下职业概要，但那一瞬却顿悟了。

这是一份为我量身定制的工作。

我的直觉很准，一年后的夏天，我便作为当时最年轻的义忆技师进入了一间相对有名的诊所。我不记得自己有过所谓的努力，没有任何人教过我，只是从看完“简历”、把手指放上键盘的瞬间开始，我就充分理解了自己应该做些什么。

我明白，就算跟父母明说自己想成为义忆技师，也不可能得到他们的同意，因此我决定用先斩后奏的方式，在合格后才通知他们。父母听到我说这种职业的门槛非常高，而我能在不影响高中学习的前提下工作，尤其当我强调它能带来收入（补贴学费）之后，才勉勉强强同意了我的就业。

工作的流程是这样的。诊所先将委托者的“简历”送到我手中，这都是在催眠状态下获得的信息，因此不可能是谎言。我浏览完“简历”后，拟定出对委托者来说必需的架空过去，然后跟“编辑”反复沟通、微调，最终制作出最优的义忆并提交给诊所。这一整套工序大约会在一个月以内结束。

拟定的顺序因人而异，首先我会读透“简历”，读到几乎能背诵下来的地步，完全不做任何预设，光是熟读。一段时间后我会开始产生错觉，将委托者当成自己的熟人，之后再继续埋头阅读“简历”。在此过程中，我会于某个时间点触摸到委托者的灵魂核心，那是一种超越了同情或共鸣，甚至可称为附体的状态。这时的我将比委托者自身更接近他本人。我能比委托者更明确地洞察到他内心深处所希求的东西，然后描绘出连他本人都察觉不到的缺陷，再找出一块恰好合适的拼图拼进去。通过这一步，我便能为委托者营造出一种感觉，告诉他这是“量身定制”的记忆。

为了填补自身的空洞而幻想至今的我，做起这种看不见摸不着的工作时感觉就像呼吸一样——不，远远比呼吸更容易吧。因为我曾是个欠缺一切的人，所以我能应对一切缺陷。在编写某些“愿望满足式”的故事时，缺陷甚至称得上是最重要的元素。我能对万事万物产生向往。

不论创作出多么伟大的作品，读者都只有一个；不论堆砌出多么稚拙的情节，读者也只有一个，因此，义忆技师中存在大批滥竽充数的人。毕竟没有客观指标来判定作品的好坏，做得再粗糙，一句“看起来跟您的感性不太匹配呢”也就都解决了。既然只有一位读者，那么哪怕重复使用旧作的点子或是自我模仿，也不会有人来问责，因此很多技师都在一味地复制自己的代表作。

于是，有良心和没良心的技师制作出的义忆，两者的质量就有了天差地别。杰出的技师会有许多回头客，曾在一次义忆中获得了美好回忆的顾客多半会购买第二、第三次。不安的情绪只会在最开始出现，一旦迈出第一步，他们就会被这种为过去整形的快感支配。

由此，尽管从短期来看，大量生产完成度只有百分之五十的义忆就能赚钱，但从长期来看，少量生产完成度达百分之九十的义忆才更有赚头。粗制滥造只会赶走顾客，而在这狭小的圈子里，一旦失去信用，基本就很难恢复了。义忆的购买者都很保守，知道技师工作粗枝大叶之后，很少会有怪胎再在他身上碰运气。因此我一直很注意把工作做得细致而周全，严守交货期，学习提升方面也一丝不苟。倒不是出于责任感，也不是想回应委托者的期待，我就是纯粹喜欢这份工作。

读透“简历”，在心中描绘架空过去的同时，也算是在对方的人生中活了一遭。对我这个烦透了自己人生的人来说，这是份兼顾了爱好与回报的理想工作。在校时，我把学习搁在一边专注于工作，上课也心不在焉，满脑子都是当时接到的委托者“简历”。由于过度沉浸在别人的人生中，我甚至常常会忘记自己是个正在小地方公立高中上学的十几岁少女。

我的工作赢得了极大好评，随后，银行账户里汇进了前所未见的巨款。刚开始工作的第一年，我的年薪就远远超过了父亲。尽管我对赚钱没什么兴趣，可恍惚地看着存折上的金额时，又似乎觉得自己获得了社会的认同。有生以来我第一次感到，原来自己值得活在这世上啊。父母对女儿自说自话决定了未来职业这一点颇为不悦，但由于我把赚来的钱分出一半给了家里，大大改善了家计，所以他们似乎也不好再找什么碴了。

数字会给人一种实在的手感。只要一有空我就会翻开存折，看着增长的数字来鼓励自己。就像小时候我会反复从口袋里偷偷拿出吸入器，让自己平静下来一样。

十八岁时，我和父母在金钱问题上起了冲突，因为不想长此以往被他们剥削一辈子，便从家里跑了出去。我先是好说歹说求伯母收留了自己几个月（我也没白住，对方拿钱办事算是挺配合的），之后又在她熟人经营的旧公寓里租了间屋子，开始独立谋生。

一个人生活以后，我依然是孤独的，不过那纯粹是独自一人时感到的合理孤独，比身处集体时被强加的不合理孤独要好上百倍。那不是教室式的孤独，而是私室式的孤独。而且只要我全力扑在工作上，就会忙着在幻想之间穿梭，实在没有余力去感受所谓的寂寞。

随着定期去医院复诊，哮喘也在不知不觉间治好了。我获得了独自生存的自信，终于从束手束脚的枷锁中挣脱了出来。

未来是光明的。我想，现在我真正的人生才正式开始。

这种预感是准确的。不过当时的我并没有想到，“真正的东西”并非永远都具有“好”的性质。

十九岁时，我被查出患上了新的疾病。

09
叙事者
ストーリーテラー

新型阿尔茨海默病（AD）[1]可谓义忆技师这种职业出现的契机。与旧型阿尔茨海默病相比，两者最显著的不同在于丧失记忆的形式。

如果将旧型AD导致的记忆障碍比作老花眼，那么新型AD就相当于让患者近视。旧型AD患者从早期开始会有明显的短期记忆障碍，但症状发展到一定程度后才会影响长期记忆；而新型AD则正好相反，它的早期症状是长期记忆障碍，短期记忆障碍则会在末期显现出来。旧型是先看不清近的事物，新型则是先看不清远的事物——当然这只是个简化的比喻，但大家一般都会用这种方式来简明扼要地解释新型AD的症状。

就像年轻人近视并不稀奇一样，比起早发性阿尔茨海默病，人们可能在更年轻的时候便患上新型AD。据报告，十几岁就发病的病例就有好几例（老实说，我也是其中之一）。旧型AD至今仍有许多未解之谜，而新型AD则更是迷雾重重。最权威的说法是，新型AD与旧型AD同样属于多基因遗传病，与多种遗传基因及环境因素相关；也有一部分声音认为，真凶或许是变异的纳米机器人；还有学者推断，间接原因可能是新型传染病。百家争鸣，目前学界对新型AD的发病机制尚无定论。简单来说，就是人们基本对这种病一无所知，当然也就没有治疗的方法。

与旧型AD相比，新型AD导致的失忆非常有规律。就像日志文件保存不下时，系统会从旧往新自动删除数据一样，这种病也是从最早的记忆开始依次侵蚀的。患者会逐渐忘记遗忘婴儿时期、儿童时期、青春时期、青年时期、中年时期，最终只记得近几天发生的事情。

不过，新型和旧型通往的是同一个终点。当记忆的侵蚀追上现在

1 注：AD 即阿尔茨海默病的英文 Alzheimer's disease 的缩写。

的脚步时，患者身上将出现去皮质综合征[1]，不久后就会死亡。人们总把注意力放在记忆障碍上，其实这是一种直接关系到死亡的疾病，目前的致死率是百分之百，一旦病发就回天无力了。旧型AD患者的平均寿命是病发后七岁到八岁，而新型AD则不到它的一半。

在病情发展到末期后，旧型AD患者会陷入一种失去自我认知的恍惚状态；而新型AD患者除失去情节记忆以外，到死都不会出现明显的症状，他们的行为中看不出高级脑功能障碍或认知障碍，思维能力正常，人格方面也不会产生任何变化（有研究报告称，患者的短期记忆甚至会得到强化，但那只是失去了长期记忆后两种记忆间的竞争状态得到了缓解吧）。绝大部分工种不会受到影响，患者能维持正常的生活，也不会出现幻觉和妄想，对周围人来说算是件值得庆幸的好事吧。

然而对本人来说，这完全就是地狱，因为你不得不在意识完全清醒的状态下，眼睁睁地直面自己这个人逐渐消失的全过程。假如说旧型AD是一种伴随着钝痛，从人的身体内部一口口吞噬灵魂的病，那么新型AD则可以形容为一种不打麻药便一寸寸割断四肢的病。虽然恐怖的性质不同，但一般来说人们都会觉得后者更为痛苦吧。

因此，不少新型AD患者会在症状完全表现出来之前就自绝性命——他们大多希望在自己还是自己的时候结束一切。

服用药物可在一定程度上延迟病情发展，但就新型AD的性质来说，病情很难在早期阶段被发现。瞬时记忆或短期记忆出现问题时，人们会立刻想到是旧型AD所致，可记不起婴儿时期或儿童时期的往事时，几乎没有人会马上把这一点与疾病联系到一起。除非有定期与自己聊起旧事的对象，不然人们很难察觉自己已处于新型AD的早期阶段。绝大部分人都是在开始失去十五岁以后的记忆时，才慌慌张张地跑去医

---

1 注：大脑皮层受到损伤后，患者处于昏迷状态，不能对外部刺激产生有意识的反应。

疗机构求救的。

基于这个原因，大部分新型AD患者都没有儿童时期的记忆。这种现象常常被描述为“比忘记最爱的人更凄惨的悲剧”。某位患者曾将这种精神状态形容为“不时在陌生小镇中迷路般的心情”。毕竟对我们来说，真正重要的记忆都集中在人生的开端，而人只有在婴儿时期才能享有真正的安心吧。真正的安心——查理·布朗[1]将这种完美无缺的安心比作“睡在父母驾驶的汽车的后排座位上”。然而，一开始就没人给过我这种温暖。

我发现自己得病纯属偶然。由于惯用手有点发麻，我就去医院拍了个脑部CT，结果医学报告判断我出现了新型AD的症状（而手发麻的原因只是积劳成疾）。

得知患病的那天我走在回家路上，心情尤为平静。我知道新型AD是一种怎样的病，当然也知道目前没有有效的治疗方法，很多患者选择了自杀，以及它足以致死。尽管如此，我既没有陷入绝望，也没有唉声叹气。眼里没有一滴泪，甚至还感觉得到肚子饿。

可我又想到，身患绝症的真实感早晚会向自己袭来，到时或许会无法专心工作，便姑且跟诊所请了一个月的假。一直以来我工作得过于拼命了，很轻易就通过了申请。

那之后我无所事事地度过了十天，但仍然感觉不到丝毫恐惧与后悔，有的只是困惑。为什么我能这么沉着？我该不会从根本上误解了某些事情吧？或者，大概只是我还没准备好接受现实。

我把自己关在屋子里，漫无目的地看着一点也不想看的电视节目。迄今为止我这个二十四小时——甚至连梦中——都只想着工作的工作狂，压根不懂如何正确地度过闲暇时间。这几年来，休息日都被我用

1 注：美国漫画《花生漫画》的男主角。

来充电，为的只是令义忆内容更加丰富多彩。书籍也好，电影也好，音乐也好，旅行也好，在我看来都不过是为制作出更优质的义忆所需的学习素材。将它们从行动选项中剔除出去后，生活一下子变得惊人的闲散。这令我深切地感到，自己的脑子里真的只有工作啊。

又过了三天，困惑转变为不协调感。我试图将这种不协调感转换成语言，于是整天躺在床上翻来覆去地思考。然后在某个时间点，我察觉到一件事。

想来，最近我遭遇闪回现象的频率骤减。泡在浴缸里或钻进被窝等待睡魔来临时，我无意间会回想起过去的事，却已基本不会再陷入凄苦的情绪。理由自不用说，包括心理阴影在内，儿童时期的记忆正因疾病而逐渐消失。那持续的不协调感就是它。随着记忆的丧失，我非但没有感到恐惧，反而活得更自在了。

仔细回想一下，其实我没有不想忘记的事物。不想忘记的人，不想忘记的时光，不想忘记的地方，完全没有。

我对这个事实感到十分惊愕。在普通人看来，发现自己的记忆正在逐渐消失时，肯定会最先把不想忘记的事情记下来吧？肯定会将记忆反复地咀嚼，试图把它们烙印在脑海里吧？然而，我却没有这么做。我没必要这么做。毕竟除去那些最好忘掉的苦涩回忆，我剩下的就只有毫无价值的破烂记忆了。

是该为余生无须品尝丧失的恐惧而庆幸，还是该为人生过往甚至从未获得终将逝去之物而慨叹，我很难判断。唯一能说的是，记忆的丧失疗愈了我的心伤，而我随之渐渐萌生出对他人的思慕来。不停看不想看的电视节目完全是因为，我想听听他人的声音。

好寂寞。如今的我终于能坦承这份情感了。反过来说，其实病前的我并没有余力承认这种寂寞。去掉一部分精神上的苦痛，内心踏实了一点后，我才能接受眼前的现实——并不是我选择了孤独，而是孤独选择了我罢了。考虑到为将来积累感情已经没有意义了，因此也可以说，我不必再装作患有情感冷漠症了。

我觉得抵拒这种欲求是于事无补的，于是我接受了医生的推荐，参加了东京都内“新型AD患者沙龙”举行的交流会。据说去了这个以分享患者的烦恼与不安为目的的交流会后，就能认识很多病友。

我从哮喘中学到，痛苦这种东西自始至终都是只属于个人的，哪怕是病友也无法共同分担，因此一开始我就没指望交流会能让自己积极面对疾病，或是打消内心不安——但也无妨，我只是想用健全的做法填平有生以来第一次感受到的健全的孤寂，而不是依靠“在被窝里幻想”这种不健全的做法。

*

义忆技师不会使用比喻。和小说读者或电影观众不同，义忆持有者只会“眼见为实”。这里描绘的情景有着怎样的暗喻，夹在那里的插曲影射着怎样的寓言——他们不会用这种解谜的方式去解读，也不会过度挖掘给到手中的故事，而是只会像享受人生那样享受义忆。所以我们也不会抱着艺术性的野心，只需自始至终罗列出令人舒心的片段。因而，在以编织故事为生的群体中，大家会把义忆技师看作快餐店厨师。

这样挺好的。我既喜欢立食荞麦，也喜欢回转寿司，要是没了它们，我会觉得很孤单。

然而话说回来，我当然也没有轻视比喻这种东西。某些时候，它甚至能超越叙事者的意图，揭露事物的核心。我们所用的语言可比我们要“贤明”得多。

我来介绍一下自己眼前的比喻。在一个学校教室那么大的房间里，围成圆圈的十把椅子上坐着九个烦恼的病友。看到他们时，我脑中闪过的念头居然是“这种气氛就好像要开始百物语[1]了”。这个比喻虽然平淡无奇，但让我出乎意料地挖掘到真相。接下来他们讲述的故事令我背脊发冷，那种恐惧害得我想吐。而轮到第十个人讲述的时候，他们好像召唤出了本不属于这个世界的异类。

病友们的年龄不同，男人和女人都有。而和自己预想的一样，我本人是最年轻的。稍有些怯场的我深呼吸一口气后落座，并向周围的人轻轻地点头致意，接着又观察了一番场内的每个人。大家脸上都同样流露着沉郁，眼中显示出一种深信不疑，认定自己是全天下最不幸的人。好像在什么电影里见过类似的情形呢——我忍不住思考了二十秒左右，想起电影名字是《搏击俱乐部》。看那部电影的时候我十七岁，也就是说，至少我还留存着十七岁以后的记忆。

所有人手上都分到了一瓶茶饮料，但谁都没喝。跟其他参加者有频繁眼神交流的人估计已不是第一次参加的了。说不定只有我谁也不认识。

每个参加者都打扮得整洁而清爽，我这才开始关注自己的穿着打扮。衣服和鞋是三年前买的，没有佩戴任何饰物；妆化了等于没化；睡眠不足和疏于保养令皮肤十分粗糙；从没染过的黑发太久没有打理，跟幽灵一样。完全不是个能见人的造型。

交流会结束后立马就得去理发。

有人清了清嗓子。

“那么，我们就一个个来吧。”坐在我左边的一位四十几岁的男士开口，“从谁开始？”

好几个人面面相觑，然后模棱两可地摇了摇头。

“那还是老样子，从我开始……”

---

1 注：日本传统怪谈会的一种形式，讲完第一百个故事，吹灭最后一支蜡烛后，妖怪就会被召唤出来。

他脸上露出一丝苦笑，驾轻就熟地讲了起来。

关于自己妻子的记忆，男士已经有一半想不起来了。

故事似曾相识——这是我最为真实的感想。大学毕业后他立刻结了婚，贷款开店，和妻子相濡以沫摆脱贫困。最终事业上了正轨，他也有了孩子，却在以为好日子正要开始的时候查出得了这个病。他对死感到恐惧，可忘记妻儿更令他恐惧。男士回忆起因患上老年痴呆而认不出家人的祖母，一想到自己或许也会变成那样，便恨不得在那之前一死了之，等等。

那位男士讲完自己的故事后，场内响起了稀稀拉拉的掌声。我也轻轻拍了拍手。可是说实话，我只觉得他的人生已算是很幸福的了。羡慕居然比同情先行一步，我感到这样的自己实在很丢脸，于是加重了鼓掌的力度。

之后，参加者按顺时针顺序讲述了各自的烦恼。说不定他们照顾到我是新来的，所以事先算好，把我排到了最后一个。并不是每个人都像第一位男士那样流畅地说出了自己的故事，看到有些人自始至终都磕磕巴巴的，我内心松了口气。

第四位是职业为图书管理员的女士，她的故事里有好几个令我印象深刻的片段。我一边听她说，一边无意识地想“这个片段稍加润色，或许能用到义忆里去呢”。而发现自己竟产生了这种想法时，我又连忙把这荒谬的念头从脑中清除出去。这种时候还想着工作，是要干吗？把他人的真心话当成自己的谋生工具，实在是失礼至极。我关闭了作为义忆技师的思考回路，决定像享受义忆的人们那样老老实实地倾听病友们的故事。

第六位病友讲完后，大家稍做休息。左边的男士问起我对交流会的第一印象。我一边找了些不痛不痒的话语作答，一边在脑中将刚才六人的故事回顾了一遍。然后我突然注意到一件事，不禁打了个寒战。

这几位病友，都只讲了亲人、友人或恋人的故事。

百物语再次启动。第七位，说的是家人与友人。第八位，说的是恋人与友人。第九位，说的是亲人、友人与猫。果然如此，我确信了。虽然过程各不相同，但除我以外，所有人的结论都归结到“最后一道防线是与身边人的羁绊”上。

右边的中年女士正在为她的故事收尾，我琢磨起自己该说些什么好。一开始我打算聊聊自己那种连失忆都不在乎的虚无感，但按照前面的趋势，压场的我若是讲了这种内容，岂不是会遭人嫌弃，给大家好不容易营造出来的温馨氛围泼冷水？

我的绝望，岂不是会在无意中对前面九人的绝望造成莫大的讽刺？

我重新打开了一度关闭的思考回路，将大脑切换至写作状态，新建了一个故事。

讲个应景的吧。

我闭上眼睛，集中精神。将此前九人的讲述嚼得烂烂的，再提取出精华，然后混入一些我个人的事实，或是基于这些事实的愿望——以体现出我的原创性——再添加一些干扰信息，缓和虚构故事的露骨程度，伪装成现实。

白马王子这一角色采用了从小就在我的幻想中培养起来的“他”。

不到三十秒这一系列工序就完成了。时间有多，我还给完成的故事加上了一个漂亮的标题。

尽管罹患新型AD，但我作为叙事者的能力非但没有衰退，反而还节节攀升。原因不得而知，或许跟“喝酒抽烟对大脑是坏事，对写作却是好事”是一样的道理。随着忘却多余的记忆，我感到思维上的赘肉被渐渐剔除，思维本身日益敏锐起来。

那位女士似乎讲完了。鼓完掌，九个人齐刷刷地注视着我，像是在说“来吧，轮到你了”。我用左手轻轻按住右胸口，短促地深吸一口气，开始讲述我刚刚完成的架空回忆。不过从某种意义上来说，它又是我从懂事时起便不断在构想的过去。

“我，有一个发小。”

*

故事讲完的时候，在场有一半人都噙着泪水，还有人掏出手帕擦拭眼角。我撒的谎似乎比任何人讲的故事都更真实，深深打动了听众的心。

掌声安静下来后，其中一名参加者——讲到猫的那位女士——开口说话了。

“今天能来这个交流会，真是太好了。”她摘下老花镜擦擦眼角，又小心地戴回脸上，“谢谢你让我们听到了这么感人的故事。你是如此的不幸，又是如此的幸福啊，因为上天赐予了你一个最理想的伴侣呢。”

我不知该怎么回答，只好急忙低头行礼。接着，剩下的参加者也纷纷发表了对我的故事的感想。每每听到温暖的话语，我强颜欢笑的阴影中都会增加一分罪恶感。

看来我有点玩过火了。仔细一想，这还是我第一次亲眼看见他人对我创作的故事产生反应，没想到反响居然这么好，竟然会在这种地方让我重新认识到叙事所拥有的魔力。

“你还这么年轻，真是太可惜了呢”“下次，不如把那位发小也带到这里吧？我们一起接待他”“身边有懂自己的人，真的会很安心啊。我也是，要是没有妻子，现在肯定已经自暴自弃了”“听了你的故事，我也好想见见我的男朋友”……

我一边空洞地笑着，一边频频点头。而越点头，我就感到越凄惨。我甚至在猜测，这些人会不会事实上都知道我的故事是编出来的，却故意在戏弄我？同时，我也烦透了欺骗了善良人后居然还产生了被害妄想的自己。

我随便编了个理由拒绝与参加者们交换联系方式，然后便离开了会场。在回程的地铁里我一直神志恍惚。窗玻璃上映出我极其呆滞的面容，仿佛是什么东西蜕下的空壳，看起来快要随着夏季的结束而风化，渐渐崩解一般。

我再也不去交流会了。

*

从夏初到夏末，我始终独自一人。

我已不再打开电视或广播，也不再翻看曾是心灵支柱的存折了。现在我已无法从那里获得任何慰藉。对我来说，拥有最低限度的生活费和三途川[1]的渡河费便足矣，其他都是身外物。

存折上排列的数字意味着一个事实：我分明无所不能，又一无所能。普通人要是如此有钱而有闲，应该会跟友人旅游，跟家人团圆，跟恋人约会吧。为了尽情享受短暂的余生，应该会来一次奢侈的旅行，开个豪华的派对，办个阔气的婚礼吧。

而我的钱却完全无处可花。我本想搬去允许养宠物的房子养只猫，于是翻了翻房屋出租信息，又立刻改变了主意。活不活得过余下三年都还是未知数的人，不配养宠物。连自己都照顾不好的人，不可能尽职尽责。

说到底，只是因为无法好好跟人类相处就指望猫来疗愈自己，确实是动机不纯，被迫作陪的猫太可怜了。猫这种生物是十分自由的，应该由没了猫也活得下去的人随性地养养才对。而由我这种没了猫大

1 注：传说中生与死的分界线。

概就活不下去的人来养，估计只会让猫陷于不幸。

对他人产生思慕之情后，我常会站在公寓阳台，远望路上的行人，就像重新回到了躲在自己房间，从飘窗向外眺望的那段时光一般。到头来，我从那时起就一直原地踏步。

这个夏季，我基本是在思考如何满足基本欲求中度过的。

白天，我会靠在屋子一角的墙边听老唱片，频繁地翻转或换下唱片来打发时间。开始意识到余生这回事后，我越来越喜欢过去便爱着的音乐。尤其是老歌，以前只觉得无聊，现在反而显得更有风味了。伴奏或旋律越简单，我就越能充分地品味每一个音符。它们深深地渗进我那干涸心灵的深处。要是听累了，我会呆呆地望着唱片上的沟槽或封套，让耳朵休息休息。

傍晚，我会步行去车站前的超市，在店里一圈圈地绕，细心挑选食材，然后径直走回公寓。进了屋子，我会打开在附近的旧书店心血来潮买下的食谱，从第一页开始顺次挑战书上介绍的菜色，刻板地遵守着食谱上写的食材分量和烹饪时间，不走捷径也不敷衍了事，总之照着食谱按部就班地做。做完后，尽管不会展示给任何人看，但我也会精心装盘，从各个角度审视一番;接着端到桌上慢慢品尝，用以满足食欲。

吃完晚饭后我会花时间洗个澡，细细洗遍身体的每个部分，不仅是想保持清洁，而且是为了能睡个好觉。洗完澡，在夜深之前爬上床，连同早晨的回笼觉睡足十个小时，用以满足睡欲。

至于剩下的那个欲求，我会尽量不让自己去思考。所幸，独自一人的安宁生活让我忘记了这种欲求的存在。

由于我只在偶尔想起来的时候吃药，所以新型AD的症状一步步地恶化起来。很快我就完全忘了儿童时期被哮喘苦苦折磨的日子，而自己对此也没有任何感慨。

我正在稳步地迈向生命终结的那一天。哪怕如此，我甚至还想把时钟的指针拨得再快一点。从另一个角度来看，我如今的状态亦可谓是消极的慢性自杀了。

而在听唱片的时候，做饭的时候，泡在浴缸里的时候，躺在床上的时候——越想放空，我的大脑就越活跃。

“新型AD患者沙龙”交流会上即兴拼凑出来的关于“他”的故事，一直在我的头顶转个不停。

在那些为给故事赋予现实感而增添的细节的作用下，我心中的“他”又有了更为真实的存在感。很大一个原因也在于，那是我第一次当众谈及了“他”，像是在听别人的故事那样听自己亲口讲述了这个故事。换言之，也像是经由在场其他人的耳朵那样听到了自己的故事。在这种反馈下，“他”获得了客观性和社会性，成长得更具质感，更接近一个生命体了。

孤独感越深，绝望感越深，“他”的故事就越是耀眼夺目。我无数次从头开始描摹这个故事，微调细节，推敲再推敲，然后又从头回顾，仰望虚空面露微笑。

这是一种精神性自残行为。幻想是种烈性药，它替代了些微的喜悦，在我体内积聚着透明的毒液。

一天，在种种偶然之下，我成功地完成了一道难度很高的菜。卖相好得让人忍不住想拍张照，味道也绝佳。那时我不由得想，“他”要是吃到这菜，应该会很开心吧。那一瞬，我确实完全忘记“他”是架空人物了。

不过，我又立刻反应过来，“他”并不存在。随之脑袋一片空白。

过了几秒，我心中有东西坍塌了。

勺子从手中滑落并砸到地上，发出了刺耳的声音。弯腰去捡的时候身上突然一阵无力，我就势瘫倒在地。

虚无感达到了临界点，我再也受不了了。

回过神来时，我发现自己在放声大哭。

我不想就这么死了。这种结束方式未免太残酷了。我还从未拥有过任何真实之物啊。

哪怕一次也好，我希望死之前能得到别人的夸奖，别人的慰劳，别人的哀怜。就像照顾幼小的孩童那样，我希望得到无条件的完全接纳还有温柔的包容啊。我希望百分之百理解我的孤独的百分之百男孩向我倾注百分之百的爱啊。我希望在我死后，他能为我的死哀叹，将其作为一生都无法磨灭的伤痕刻在心上啊。我希望他能憎恶这种置我于死地的疾病，怨恨未曾温柔待我的所有人，诅咒这个没有我的世界啊。

我是不可能靠幻想获得满足的。我心中的自己至今仍在不停地哭泣。刚出生的我一岁的我两岁的我三岁的我四岁的我五岁的我六岁的我七岁的我八岁的我九岁的我十岁的我十一岁的我十二岁的我十三岁的我十四岁的我十五岁的我十六岁的我十七岁的我十八岁的我——都和现在的我一样紧紧抱着膝盖，如赤子般咽泣。纵使记忆消失，哭声仍会反复回响。治愈她们需要现实性的拯救，但环顾四周我却什么都看不到。

一无所有，因此一无所惧——那只是逞强罢了。我惧怕自己就这么一无所有地死去，怕得浑身发抖、难以自制。

然而事到如今，我该如何是好呢？出生至今连一个朋友都没有的我又能做些什么呢？别说百分之百的男孩了，我连百分之五十的朋友都没能得到，不是吗？

试着跟同事聊聊？试着联系同行说说实情？这样也只能得到些肤

浅的同情罢了，不，搞不好还会让他们乐不可支。我很清楚自己是受同事和同行妒忌的，毕竟曾在很多地方耳闻目睹过他人说我的坏话。就算幸运地碰到个不抱敌意的对象，只要我认为“对方或许抱有敌意”，那么我们之间就不可能达成极致的信赖关系。说实话，我怕他们怕得不行。

要不，干脆试着去大街上勾搭陌生人？试着在社交平台上结识朋友？怎么可能。这种做法是不可能找到真正的理解者的，概率就跟大海捞针一样低，甚至还有很大风险遇上极不愉快的事。

假若是百分之三十的同情、百分之四十的理解、百分之五十的爱，或许拼上性命还有可能找到。然而那都是徒劳的。要拯救我，要拯救我们的话，无论如何都需要一个百分之百的男孩。

人们会把这叫作好高骛远吧。向来疏于人际交往的人如今竟奢望得到极致的爱，怕是会被骂作痴心妄想，被嘲讽连百分之五十的同情都不配拥有吧。然而，身为义忆技师的直觉告诉我：只有被极致的男孩拥抱，你才能获得拯救哦。要融解我心中那长年以来凝结的孤独，别无他法。

那之后的几天我以泪洗面，但也未放弃去想“他”。事已至此，干脆自残到皮开肉绽好了。

我完全忘了吃药，身体状况急剧恶化。我失去了十五岁以前的记忆，忘却了义务教育时代的窒息感。人生的四分之三都被虚无掩盖，我的人生在真正地走向空洞。

我不停地想着“他”。

我不再听唱片，也不再做饭，甚至懒得站立行走，抱着枕头像毛毛虫一样在屋子里到处蠕动，瘫在床上，瘫在地板上，瘫在厨房，瘫在玄关，瘫在洗脸间，瘫在阳台……即使如此，缠绕全身的倦怠感也还是挥之不去。

我不停地想着“他”。

制作义忆原本是那么的愉快，现在也混进了厌恶，光是见到别人的“简历”我就会产生轻微的恶心感。不管看什么都只会涌起嫉妒的情绪，我好恨那些有着完美无缺的人生，还贪得无厌索取着幸福义忆的人，恨之入骨。

我不停地想着“他”。

于是某一天，幼稚的疯狂控制了我。

跟往常一样咀嚼了一番关于“他”的回忆之后，我突然想到……

人，真的能如此鲜明地在脑中描绘出素未谋面的对象吗?

人，真的能如此专一地爱着素未谋面的对象吗?

人会对幻想如此执着，是不是哪里出了问题?

我是不是产生了某种致命的误解?

或许。可能。说不定。

“他”并非架空，而是真实存在的人物?

会不会只是因为这种病让我失去了记忆中的重要部分，实际上我真的有一个发小，而我一直以为那仅仅是自己的幻想?

这个妄想实在是很可耻。要是病前的我从别人口中听到这种说法，肯定会一笑了之。

然而在此刻的我看来，这种灵光乍现近乎天启。反正我早就丧失理智了。我决定死死地抓住这个假设。对现在的我来说，由疾病造成的记忆空白就是最后的希望。

*

我时隔一年半回乡。

“他”是真实存在的。我脑中充满了这种妄想，坐立难安，第二天一大早就跳上了头班列车前往故乡。

当然，是为了与“他”再会。

我把初中时代的毕业相册装进背包，途中拿出来回顾了好几遍。电车里，一个十九岁女子沉迷于毕业相册的样子着实异常，不过周六清早驶向郊外的列车空空荡荡，也没人会来质疑。

我将相册上印着的报名照与姓名全部刻进了脑中。同学的面孔无一例外地被我忘光了，简直就像拿了陌生学校的相册一样。我试着找了找接近“他”那种感觉的男生，但报名照上大家的表情都被固定了，似乎有点难度。记忆中的“他”没有具体的形象，只能靠感觉或气质去捕捉。而要看透这些则需要变化的动作或表情等连续性信息。

课堂情景和校级活动的照片里没有我的身影，估计总是苦着脸、低着头的我没能引起别人拍摄的丝毫兴趣吧。相册里的那些初中生个个都水灵灵的，我在其中看见了一些早已从如今的自己身上消失了的东西。还有不到一年，我就满二十岁了——如果我活得到那时候的话。

正午前，我到达了故乡的车站。那是一个位于千叶县角落的不起眼的乡下小镇。十八岁去往大城市时，我对这段遥远的距离感到满心不安，可时隔一年多回一次老家，却发现并没有多远。穿过检票口，我走出狭小的车站来到外面。

我就像是头一次造访故乡这个小镇似的，天空也好，绿树也好，大海也好，任何事物都十分有疏远感。我甚至无从感受所谓的乡愁。

望着老旧的咖啡馆或拉下卷帘门的商店，倒也算是萌生了些许既视感，可那更像是实地目睹了先前在电视或书本中见过的风景，还是无法将它们与自己的过去联系起来。

在手机地图上确认了一下自己所在的位置，设置完大致路线后，我将左手按在胸前，缓缓做了次深呼吸后便走了起来。我一度担心，要是和父母不期而遇了该怎么办，不过由于好久没像这样有目的地活动身体了，一种昂扬感也在心中油然而生。

小学、初中、商业街、公园、公民馆、图书馆、散步道、医院、超市。我跟着地图导航到处散步，好歹是休息日却几乎没遇上什么人。与其说是出门的人不多，倒不如说纯粹是因为人口较少吧。习惯了都市生活的我，感觉如同走在发布了外出禁令的地方。或者说，这里也像是一个为虚构人物的生活而预备的虚构小镇。

今天晴空万里，远远能看见巨大的积雨云。怀旧的风景被夏日骄阳融去了轮廓，步行其中，我不知不觉幻想起以这个小镇为舞台的故事来。

如果我能与“他”彼此相守，一直生活在这个镇上。

现在的我肯定不会当什么义忆技师，而是以一个普通大学生的身份讴歌人生吧。拿着奖学金，打着工，住在“他”家附近，一边过着半同居生活，一边为他做做饭、干干家务，把自己当成个小媳妇吧。

接着，我开始在这个小镇的所有角落中看到了假想世界中我们的影子。在那个世界里，我是幸福的。小学时的我会坐在“他”自行车的后座上，抓着他的背开怀大笑;初中时的我会穿着浴衣和“他”手拉手仰望烟花;高中时的我会在放学回家路上避过他人，跟“他”在巴士站后接个短暂的吻;大学时的我会和“他”一起去超市，买来的东西一人拎着一半，像对小夫妻似的依偎着前行。

比起幻想，它们似乎已经成了回想。这些画面历历在目，仿佛我亲身体验过一般。我的状态接近癫狂。看来，盘踞在这片土地上的想象力怪兽已牢牢地附到了我身上。

镇子很小，半天下来我就把主要的建筑物和公共设施都逛了个遍。毫无疑问，收获为零。一路上只有一个老人跟我搭了话。他问我去派出所怎么走，我回答说自己不是这个镇上的人，不清楚。我也只能这么回答了。

夕阳的颜色让人想起了半枯的向日葵。我在残留着日间热气的堤坝上坐下，眺望大海，脱了鞋放在身边，让海风吹一吹被鞋磨痛的脚。然后，我喝了半瓶从自动售货机买来的矿泉水，剩下的浇到脚上。冰水刺得伤口疼。等伤口被吹干后，我贴上了从药房买来的创可贴。

这个小镇上本来就没什么年轻人。小学、初中的孩子倒是不少见，可跟我差不多年纪的却一个都没看到。小镇已经一只脚迈入了土里，往后，这只脚也不太可能拔得出来了，剩下的只是日益腐朽。不过和小镇相比，留给我的时间才是少得可怜。

疼痛在体内四处游走，脑袋也迷迷糊糊的。我不能就这么一直待下去啊。穿上鞋，手撑膝盖，我晃悠着站了起来，再抓过装着毕业相册的包挎到肩上。

这时，人行道方向传来了年轻人的声音，我条件反射般地扭过头去，只见一个十四岁左右的男孩和一个同龄女孩正并肩走来。男孩身上是适合散步的轻装，女孩则穿着漂亮的浴衣，深藏青色的底，散缀着烟花图案，头上还别着个小小的红菊发饰。我一时看着那个女孩出了神，内心涌现了一丝嫉妒，自己也好想穿着那样的浴衣和恋人走在一起啊。

镇上某处在开庙会吧？我决定跟在他们后面去瞧瞧。两人穿过商业街后向右拐，顺着田间小径笔直往前，横跨铁路道口后，前方终于出现了一座不大不小的神社。庙会的声响和气息飘然而来。

假如世上真的有所谓命中注定的再会，这个地方不正是最适合的舞台吗？

我像梦游症患者一样在神社境内徘徊，到处寻找“他”的身影。当然，我不知道他长什么样，也没听过他的声音，但我仍确信自己只需一眼就能找到他，也确信对方只需一眼就能找到我。或许“他”一度无法相信这场偶然的再会真的发生了，我们就此擦身而过，但走出几步以后，“他”绝对会回过头来。

我拨开拥挤的人群走个不停，找寻着那个用肥皂泡吹出来的幻想恋人。

小吃摊开始收摊的时候，我的心态到底还是要崩溃了。庙会像是筋疲力尽似的偃旗息鼓，喧嚣的气息在风中消散得七零八落，光芒被黑暗吞噬得毫厘不剩，余下的只有刺痛耳膜的静寂。我从石阶上站起身，离开了神社。

在小吃摊前游荡了那么久，却什么都没吃。我慢悠悠地走来走去，试图寻找饮食店，最后只在车站前发现一间还在营业的食堂。烤鱼香喷喷的气味引我走进了店里。

在桌边坐下后，一整天的疲劳排山倒海般向我压来，再也走不动一步路了。我没仔细看菜单，随便点了份烤鱼套餐，一边用店员端来的冰水润喉，一边漫不经心地看着电视播出的棒球比赛节目。

听见吧台座的一个客人点了日本酒后，我想着自己不如也喝一点好了。酒总给我一种一大群人边闹边喝的印象，所以多多少少有点排斥。可它要是有那么一瞬能帮助我忘记痛苦，喝一点或许也不坏。如今也不必再去考虑健康不健康的问题了。

我往吧台方向转身，叫来了店员。听到我要点和刚才那位女顾客一样的酒，店员机械地重复了一遍点单内容后就回去了。没被问起年龄让我松了口气，可同时也让人有点落寞。我看起来已经是能喝酒的年龄了吗?

我离开座位，去洗手间照了照镜子。大概因为长年来一直面无表情地生活，我完全无法从自己脸上感受到所谓的生机与活力，这副面孔就跟疲惫不堪的二十几岁单亲妈妈一样。明明我的大脑还一直停留在十四岁左右。

回到座位，日本酒和酒盅已被随意地摆上了桌面。我小心翼翼喝了一口，那味道真是不可言喻的恶心。我抓起玻璃杯，喝下冰水冲刷它的余味,又苦又臭又甜腻,简直让人怀疑是不是故意酿得这么难喝的。我理解不了爱喝这种东西的人是怎么想的。

然而我还是勉强自己喝下了一半。身体渐渐热乎起来，这就是所谓的醉意吗？我盯着酒盅底部的螺旋图案暗想。

我的心头好像堵着什么东西，自己却毫无头绪。我想点杯热茶，于是再次望向了吧台。抬起左手放在嘴边，正打算叫店员时，我的姿势就这么凝固了。

那个坐在吧台席的女孩的侧脸，我有印象。

我立刻将在电车上回顾的毕业相册中的照片与她的面孔做了个对比——除去四年的岁月加成，她的侧脸跟初三一名同学的脸部完美重合了。虽然发型和体形略有变化，但不会有错，那个女孩是曾经的班长。

终于和认识的人相遇了。

身体比头脑更快地动了起来。我靠近她，开口道：

“请问……你还记得我吗？”

原班长拿着酒盅的手停在空中，眼睛眨巴了好几下，像是弄不清到底是对方醉了还是自己醉了一样。一瞬间我还担心自己该不会认错了人，但应该不是。只怪初中时代的自己太没有存在感了。

她尴尬地笑笑说：

“那个……不好意思，来点提示？”

“初三的时候，我们是一个班的。”

她摆出略做思考的姿势，然后一拍膝盖，可似乎还是想不起最为关键的人名，嘟哝一句“那个，哮喘的……”之后就继续不下去了。

“患哮喘的松梛灯花。”我苦笑了一下，说出了自己的名字。

“对对，松梛同学。”她恍然大悟，点了点头。

“可以坐你旁边吗？”我问道。放在平常的我来说，这样的举动绝对不可想象，但我已经豁出去了。

“啊，可以呀。”

我托店员帮我换了位子，在她旁边坐了下来。这时，日本酒开始上头了。一方是她印象淡薄到连名字都不记得的我，另一方是我只在毕业相册上见过报名照的她，我们两人都为这次再会表现出了夸张的欣喜。尽管聊的内容完全是两条平行线，但光是遇上隐隐约约记得自己的人，我已经感到很高兴了。

“松梛同学，你现在在干些什么呢？上大学？”

我说没错。这是我来到小镇后撒的第二个谎。毕竟说自己在做义忆技师，恐怕她不会相信，我也不想给好不容易遇见的同学留下什么奇异的印象。趁着暑假回乡的大学生，我觉得这么描述最不突兀了。

“东京的大学呀，好羡慕哦。”她的语气里似乎也没多少羡慕。

“你呢？在干些什么？”

“我吗？我——”

接着，她说了说自己的近况（恕我直言，她说的都是些顺理成章留在乡下的人常有的故事，平凡且无聊得可怕）。听她说完毕业后到当前工作的经历时，店里正好播起了通知即将打烊的《萤之光》。“嗯，都这个点啦？”原班长看了看手表。

在一旁等着她结账的时候，我有意无意地试图回忆起《萤之光》

的正确歌词，可除了第一句，其他的全部想不起来了。说不定原本我就不记得，也可能是受到新型AD的影响。

“虚无又缥缈，恋恋我心房”这句明显不对的歌词像洗脑的广告歌一般在我耳边萦绕不去。

分别的时候，原班长像突然想起来似的说：

“大概一年前开始，我们这些留在本地的同学每两个月会聚着喝个酒，就跟同学会差不多吧。不介意的话，松梛同学要不要也来参加呢？”

我正舍不得就此分开，还在想有什么办法能够拖住她，听到这话后真是觉得求之不得。故事的发展实在太过理想，以至于我一瞬间都怔住了。不过我又慌忙地换回笑脸，告诉她请务必让自己参加。

知道了时间地点，我道谢后跟原班长告别了（她说自己有事，参加不了下次同学会）。我坐上末班车回到公寓，冲个澡，给脚换了张创可贴，然后又站在洗脸间的镜子前，死死地盯着自己的脸。

我痛彻心扉地感到，自己长期以来在“什么年龄该做什么事”这个问题上是有多么的马虎。

我几乎没有注重过外表。在我的认知中，人类的外表纯粹只是个容器，跟书的封皮或唱片的封套一样，都是与本质无关的东西。

可随着内在逐渐接近空洞，我却变得越来越在意容器了。那的确不是人类的本质，只不过，因图书封面好看、唱片封套顺眼才决定买下它们——我无法断言这种情况从未出现过。假如希望他人了解内容，那就必须对视觉要素下功夫，这是无可否认的事实。我的内在原本就没有出众到足以向他人自夸，而且说白了，对恋爱来说外表可以说是重要的影响因素之一。

不如做个全身改造吧。哪怕只有一点也好，我得把这小二十年的掉队追回来。

同学会在两周以后。我把这两周都投入到对容貌的改善上。

第二天，吃完简单的早餐后，我在网上搜索了美容院、化妆讲座、保养沙龙等店铺的信息，逐一预约过来，又跑去书店买了各种门类的时尚杂志和美容杂志，花了两天时间像考前的考生那样彻底精读杂志，将知识融会贯通，而在大致了解怎么收拾头发和面部后，跑去了时装店，在店员的建议下搜刮了各种衣服与鞋子。

这么算下来，总支出多得吓人。可对我来说，手里的钱算是终于有了用武之地，简直让人心头一松。毕竟，这些钱终归带不去那个世界。

总而言之，我把能想到的都试了一遍，挥金如土，不管不顾，尽万分努力去变漂亮。为了给那些说不定记得我的人留下好感，为了不让那个或许真实存在的“他”感到失望。

我的头脑不正常了。

这两周里，我迎来了戏剧性的蜕变。虽说也是因为过去太不堪了，但至少现在不经意间瞥见街头镜中的自己时，我不会再心怀厌恶了。或许还没到漂亮的地步，但我确实像个十九岁的女孩了。

我本来就擅长抓要领，依据手头的条件推导出最优解，因此掌握了一定的窍门后，化妆也好，挑衣服也罢，我都不会觉得有多难了。化妆就像把自己的脸当成画布绘制油画，挑衣服就像在重视季语的基础上创作俳句——若是从这些角度去理解，原本的困扰情绪便会不翼而飞。而一旦清除了那些别扭的情绪，雕琢容姿就变得纯粹而快乐起来了。我发现自己终于能理解那些在美容上砸进大半薪水的人是怎么想的了。

我试着在镜子前练习笑容。我一向讨厌自己的笑脸，它难道不会令人不快吗？我心中根植着无缘无故的不安。

而这份不安也终于消失了，我能向着镜中的自己舒心地微笑了。

我想，现在的自己可以大胆地与“他”见面了。

*

就这样，那一天来临了。

跳过具体过程，我只说结论——没有一个同班同学记得我。

从聚会开始到结束，我一直坐在角落里，小口小口地啜着喝不惯的酒。

回家路上，我恶心到在路边吐了，然后大脑才稍微拾回几分理智。

不如专心工作吧。

因为留给我的，只有它了。

10

男孩遇见女孩

ボーイミーツガール

那之后的半年，我一心扑在工作上。

这个时期制作出的义忆优秀到连我自己都觉得匪夷所思。倒不是因为我已经对现实死心（或者说被迫死心）而一味贪恋虚构世界，也不是因为自己开始意识到命不久矣而想在世上留下自己曾经活过的证明。导火线是新型AD导致的失忆。

本来，失忆可能导致创造力出现相应的退化，可实际情况正好相反，失忆对制作义忆有着积极的影响。只夺去经历而不夺去知识的新型AD对于我这种类型的创作者来说就是一阵美妙的顺风。对引用自身经历来组装义忆的技师而言，这种症状或许是致命的，但对我这种从“无”开始创造义忆的技师来说，其实失忆根本算不上是什么问题。反之，我能由此跳脱狭窄的视野，破除固有观念，获得客观立场，释放记忆内存，提高运行速度等，实在是百利而无一害。

我想，艺术家们爱好抽烟喝酒说不定就是出于这个理由。对那些以灵感为关键依托的人来说，忘却可谓是一种十分卓越的武器。有了它，我们就能像写第一行诗时那样，以饱满的情绪写出第一百行、第一千行诗，成人的自由与孩童的自由得以并存。

假如主体意识的基础在于记忆的一贯性，那么我的自我正逐步瓦解。这年初冬，我开始把自己理解成设置在委托者与义忆之间的过滤装置，它无限接近于创作者理想中的“灭己”状态。与经过修炼而达到的“灭己”状态不同，如字面所示，那不过是我逐步灭亡的过程中产生的附加现象。这一年里，我失去了十八岁以前的记忆。我体内所剩的自己，已不到一成。

从十六岁成为义忆技师开始，我向来都是在家工作。不过从十九岁的秋季起，我慢慢会去办公室露露脸，毕竟独自待着更容易让人发狂。过去我总是故作清高，以至于如今没有一个同事会跟我搭话。现在，只要能近距离感受到他人的存在便足矣。我想体会那种归属于某个群体的感觉，哪怕只有一点点也好。

我没有把生病的事告诉任何人。得不到工作比什么都可怕。这样一来，我将失去存在的意义，而这个世界上将不再有我的容身之处。只要不声张，其实并不会有人注意到新型AD的症状。同事们见我休完假后便疯狂工作，顶多只会觉得“好久没休假，看来她心情调整得不错啊”。

唯一一次，有同事邀请我参加酒会，记得那是圣诞节前几天的事。当时我正戴着耳机默默地对着电脑，身后突然有人拍了拍我的肩，一回头，一个三十岁不到的女同事——名字忘了——有点拘束地说了些什么。内容没听见，看口型大概是在问“不好意思，能打扰一下吗”。我摘下耳机，转身面对她。

“现在我们几个同事去喝酒，你要不要也一起来？”对方说。我一时有些出神，只是直直地盯着她。她是不是找错人了？我环视了一下周围，当时留在办公室里的只有我和她两个，而她的视线也明显是冲着我的眼睛来的。

说自己不开心那肯定是假的，然而我条件反射似的答道：

“谢谢，但是我还有好几个必须在年内完成的任务。”

我拼命挤出一脸讨好的笑（不，说不定是自然流露的笑容），谢绝了对方的邀请。同事略遗憾地微笑着，慰问道：“那你注意身体哦。”

她走出办公室前向我轻轻挥了挥手。我还在犹豫要不要也挥挥手的时候，她已经关上门离开了。

我放下举到一半的手，撑在桌上托着腮。无意间往窗外一看，不知什么时候下起了雪。据我所知，这应该是今年的初雪。

“那你注意身体哦。”同事最后对我说的那句话一直回荡在耳边，舒心地震颤着耳膜。简简单单一句话就让我高兴得要命，简简单单一句话就被救赎的自己真是可悲得要命。

如行将饿死之人已不具备消化能力那般，我已不再拥有接受他人好意的余力。或许刚才的邀请已是我人生最后的机会，可即使如此，我也觉得自己无法利用好这次机会。因此接不接受，结果都一样。

*

我想跟您当面聊聊——最后的委托者提出了这么一个要求。

这绝不是什么稀罕事。写进“简历”的信息太少，希望直接向义忆技师传达要求——这样的委托者多如牛毛。大多数人坚信唯有自己才最清楚自己的愿望，因此会提出各种各样的要求。而即便技师忠实地制作出相应的义忆，委托者也很少会满意。“你确实在这里反映出了我的需求，可还是少了一些有决定性意义的东西。”他们会急不可耐地说。由此我终于明白，正确理解自身的愿望也是需要技术和惯性的。在不自由的人生中，我们太习惯于压抑自己的愿望，要将沉在心底的东西打捞上来，还得靠专业的训练。因此，就算跟委托者直接对话，义忆技师也得不到什么有用的结果，害处反倒是多得多。

不过，我倒是从别的角度对义忆技师和委托者会面持反对观点。主要的理由在于，这样会往义忆中混进杂质。如果委托者跟义忆的作者，也就是我，见了面，知道了我是怎样一个人，那么他们在回想义忆的时候，也许会顺带着我一块儿回忆起来吧？义者的言行背后，也许会不时闪过我的影子吧？每当这种情况出现，都只会加深“义忆说到底只是虚构的”这种认识吧？

这不是我所期望的。义忆技师终究得是个彻头彻尾的黑子[1]，尽可能不露脸、不发言，即便万不得已要出现在人前，也得脱离那种容易让人从义忆中联想到的形象。而且，言行举止得尽量具备非现实感。我们是给委托者提供某种梦想的，梦之国的向导绝不能跟随处可见的普通人一样。

依照这则信条，我向来贯彻不与委托者直接会面的方针。然而，四月下旬收到的一封信却强烈地动摇了我的信念。那封信的文字里蕴藏着某种魅力，让我不由得想和这个人见上一面聊一聊。对方慎重地选择着每一个词语，并将它们编排得天衣无缝，还巧妙地隐藏起“此文已几经推敲”的迹象，整体简约而通透。若不是身为以写作为生的人，我恐怕只会把它归为通俗易懂罢了。我曾经收到过许多委托者的信，但能写出给人留下如此好感的文章，这还是第一位。

委托者虽是位高龄女士，但对义忆技师这种新兴职业却有着正确的理解，也抱有敬意。她喜欢边走边听义忆购买者的故事（她在信中说，比起“实际发生过的事”，自己对“应该发生的事”更有兴趣）。在这个过程中，她知道了我的名字。

她针对我制作的几款义忆谈了谈感想，那些描述都意想不到地抓住了要点。她对我确实挖空心思制作的部分予以恰当的赞赏，我甚至没从委托者本人那里收到过这么详尽的反馈。

不如跟写这封信的人见一见吧。如此理解我工作风格的人想直接见我，肯定是有个中原委的。我给信上所写的邮箱地址回了封邮件，和对方约好五天后见面。

“这件事说起来非常一言难尽，如果您不介意的话，我想在诊所外和您见面。”委托者在信上这么写道。什么一言难尽，怎么个一言难尽，

1 注：歌舞伎中辅佐演员或推进剧情的人员，身穿黑衣，戴黑头套。

她一概没有明说，但我没多想就答应了。毕竟在任何人看来，跟义忆相关的事情多少都有点一言难尽。

当天，我来到委托者指定的酒店，待在咖啡休息室里等她。说是酒店，其实只是间位于偏远地方的乡土旅馆。建筑物里的一切都旧旧的，整张地毯都褪了色，坐上椅子会听见烦人的嘎吱声，桌布上还有明显的污渍。唯独咖啡倒是便宜又好喝。这个空间不知为何让我想起了小时候常去的医院。我闭上眼睛轻声嘟哝，真是个让人心安的地方啊。

离约定时间还有十分钟，委托者出现了。尽管听她说自己七十岁，但真人看上去更显老。她形容枯槁，没有一个动作不颤颤巍巍的，光是在椅子上坐下都像做重体力劳动一样。我不安地想，这样还能好好对话吗？不过一切都是我杞人忧天了，她一开口便用十分年轻而明朗的声音说起话来。

首先，委托者为让我山长水远跑一趟表示了郑重的歉意。她说自己腿脚不好，不敢走平时没走过的路。我夸赞这间酒店后，她便像是自家人受到赞扬般开心地点了点头。接着她再次就我至今的作品阐述了详细的感想。听到比来信更为恭敬而热情的言辞，我只能不住地低头表示惶恐。我对被人当面夸奖实在是毫无免疫力。

感想告一段落后，她端正坐姿，小声清了清嗓子，进入了正题。

委托者从包里取出信封放到桌上，一共两封。

“一份是我的‘简历’，一份是我先生的。”委托者说。

我来回看了看这两个信封。

“您想委托我制作两个人的义忆，是这个意思吗？”

听到我带着困惑的提问，她缓缓地摇了摇头，说道：

“不是的，我先生在四年前就已经过世了。”

我慌忙地为自己的失礼道歉，她却抢先说：

“我想麻烦您制作我和我先生的义忆。”

这个说法和刚才的有什么区别呢？我稍稍陷入了思考。对方好似给我出了个字谜。

委托者像爱抚般将一只手轻轻地覆在信封上，说了起来：

“我和我先生是六年前在这个小镇相遇的，眨眼间我们就坠入了爱河。以平庸的话来讲，这称得上是我们命中注定的邂逅。跟绝大部分命中注定的邂逅一样，在别人看来我们的恋情平凡又无趣，可对我来说，和他在一起的那两年远比遇到他之前的六十几年岁月要有价值。”

仿佛沉浸在回忆中，她顿了许久后才继续说道：

“我们无话不谈。降生至今的任何事，但凡记得的都会告诉对方。在把能说的都说尽的时候，我们一方面再次确定了这就是所谓命中注定的邂逅，另一方面也陷入了绝望的深渊。为什么呢？因为我们的相遇实在是太迟了。”

她垂下眼帘，像是强忍什么似的攥紧了双拳。

“并非因为我们都老了，而是因为我们曾有过合适的时机邂逅，却没有抓住那仅有的一次机会。具体来说，其实我和我先生应该在七岁就相遇的。错过了那个瞬间，哪怕十几岁、二十几岁时相遇也都一样无力回天。毕竟我已经死了一半的心了，所以年华老去后的邂逅反而还显得挺幸运。”

然后，她终于提到了委托的内容：

“如果，我们能在七岁时相遇就好了——我想请您再现这个假设。我非常清楚，将真实存在的人物混入义忆中有违义忆技师的职业伦理。即使如此，我也还是想请您接下我的委托。”

沉重的口吻让我感受到她强烈的意志。见我端着咖啡杯一脸呆滞，委托者将视线投向桌上的那两个信封。

“我觉得，像您这样的义忆技师，只要看了这份‘简历’，应该就能理解我所说的了。”

我无言地点点头，小心翼翼地伸手接过信封，放进包里。

“您也完全可以忘掉今天我所说的话。而您若愿意接下委托，我会支付五倍于正规费用的报酬。”

说完这句，她优雅地眯起了眼睛，再说道：

“您按着平时的样子去创作，就足够了。”

委托者离开后，我从包里拿出“简历”，当场看了起来。义忆技师原本是不该在会被人瞧见的地方看“简历”的，不过这本身也不是什么正式的委托。最主要的是，“您只要看了就能理解我所说的了”这句话让我十分好奇。

她的人生与她的文体很相似，周到、贴切而令人心情愉快。虽算不上尽善尽美，但确实称得上竭尽全力。她有着一套被自身可能性极限击败到体无完肤后才建立起来的失败美学。与丈夫相遇前，她的生存之道是宁静而自成一体的，无限接近于我患病前的理想状态。“简历”似乎是他们相遇后不久完成的，而那之后她的人生发生了怎样的变化，很可惜我不得而知。

一转眼我就把委托者的“简历”看完了，接着又续了杯咖啡，加了份巧克力蛋糕。迅速解决掉它们后，我拿起了委托者丈夫的“简历”，看到三分之一左右的时候，终于明白了委托者那句话的意思。

一切正如她所说的那般——这两个人，应该在七岁时就相遇的。更早，更迟，都不行，必须恰好在七岁。

假如在七岁时相遇了，他们恐怕就能成为全世界最幸福的少男和少女了。在那极其短暂的时间里，少女有着正好能打开少男心锁的钥匙，少男也有着正好能打开少女心锁的钥匙。要是将钥匙插入彼此的心锁，两人之间应该能产生完全的互补。

然而现实是，他们没能在七岁时相遇。最终邂逅对方时已是半个世纪以后，此时双方的钥匙已完全锈蚀了。他们一味地往错误的锁孔里尝试了太多遍，钥匙已完全磨损了。然而即便是这样，他们也清楚地知道，对方的钥匙曾经是能打开自己心头这把锁的。

从某种角度来看，这大约是种幸运。毕竟，两人完全有可能一辈子都无法相遇。

可我觉得，这迟到太久的相遇是世界上最残酷的悲剧。

我决定接下委托。如委托者所说，将真实存在的人物作为义者的原型是与义忆技师的职业伦理相抵触的。要是违规行为被发现了，我的处境也会很不妙。然而那又怎么样，反正我也活不长了。在这短短的余生中，这般有价值的工作再次送上门来的可能性近乎为零。此外，我还对那位委托者老太太有着一份亲近感，作为“身边没有少男的少女”这个群体中曾经的一员，只要能拯救她，我愿意为她做任何事。

时隔已久获得这么个令人心潮澎湃的题材，我兴奋极了。我要为本该相遇，却未能相遇的两人捏造出曾经相遇的过去。某种意义上说，这也是我对这个世界的运作方式所做出的抗议——更进一步说，是复仇。我要提出一个替代方案，展示那对夫妻本该拥有的命运，用这种事后诸葛亮式的指摘，证明自己有能力让那两个人更顺利地把握住命运。总之，我想刁难当前的世界，借着这种行为间接而愉悦地给这个未能救我于水深火热的世界定罪。

我忽然想到，那个委托者也许就是平行世界中既没有成为义忆技师，也没有罹患新型AD的我未来的样子。很快我又对这个念头一笑置之。近来，自己和他人之间的界限变得越来越模糊，或许我的大脑终于要出问题了。

工作是快乐的。我编造了命中注定的邂逅，推导出了可能会在他们的现实命运中出现的最优解，拯救了平行世界中委托者的灵魂。回溯时间介入过去，如同改编历史。

一个月后，义忆完成了。这是我首次尝试以两人的“简历”制作出的折中的义忆，也或者说正因如此，它成了我职业生涯中的最佳杰作。我偷偷地把这款义忆起名为“男孩遇见女孩”。

我绕过“编辑”，直接将完成的义忆写入纳米机器人，然后寄给了委托者老太太（当时她已因脑中风去世，但我并不知道这个情况），上街豪饮了一番。烂醉如泥的我好不容易忍住呕吐回到家，东倒西歪踱向床边打算睡觉时，腿撞上桌子摔了一大跤。手肘还猛地戳到地板，疼得我哼哼了半天。因为没力气爬起来，所以我干脆闭着眼就那么趴在了地板上。

那是毫无疑问的杰作。即便给我跟普通人一样长的余生，恐怕今后也制作不出超越它的义忆了吧。我将一辈子只会出现一次的奇迹在这里发挥到了极致。就算我真有那么点才能，多半也都耗光了。想永远工作下去的欲望，如今已燃烧殆尽。

我想现在自己已经死而无憾了吧。完成最佳杰作后结束生命，在事业的巅峰落下人生的帷幕，对创作者来说，没有比这更理想的死法了。快餐厨师也有所谓快餐厨师的自尊，不管别人怎么说，我都能沉浸其中并引以为傲。

然而我要怎么死呢？可以的话，我想尽量避免上吊、投河还有开煤气。哮喘时代的记忆早就没了，但肉体还是在强烈地控诉“我不想连死都带着窒息的感觉”。那么，要跳楼吗？跳铁轨也不坏。管它会给谁添麻烦呢。死者又听不到生者的骂声。

闭着眼睛，任由思绪天马行空时，一种好似全身被虫子缠绕的恐怖感突然袭来。我睁开眼四下张望，将墙壁和天花板的白色牢牢地映在视网膜上，以赶走黑色的不安。最近我很怕黑，可能因为在生理上害怕和死有关的事物吧。就算我自以为已经做好了心理准备，但肉体仍在不断地抗拒。对死亡的恐惧会纠缠着我，直到最后一瞬。

我翻了个身，试图转移注意力，这时掉在地上的一叠“简历”映入眼帘。好像是刚才腿撞到桌子时，把那上面的东西震下来了。

个人信息旁贴着的报名照意外吸引了我。

那是个年轻男子。他和我同岁，生日也很近。这个年纪购买“Green Green”的顾客非常少见。他明明上了所不错的大学，外貌也还过得去，到底对现实有什么不满呢？

我伸手捡起“简历”并翻过身，仰面朝天看了起来。而才看了几行，我就仿佛被雷劈中一样受到了冲击。

终于，找到了。

和我一样怀抱绝望的人。

和我一样被空虚折磨的人。

和我一样被幻想冲昏头脑的人。

我应该在七岁时就邂逅的人。

天谷千寻。对我来说，他就是个极致的男孩。

*

这天，我决心要为自己制作一款“男孩遇见女孩”。

*

我不觉得自己在编故事。所有写作都像回顾过去一样。我那十根手指像是自动记录装置，自顾自地敲着键盘。可不是吗？从懂事开始，我就在一点一滴地雕琢着这个构想。它是块精彩的拼布，汇集了我从小到大耳闻目睹过的故事、诗词、歌曲等事物中最倾心的片段。哪怕表层大脑的记忆消失了，它们仍会以偏好这种形式深深地渲染到我的精神底色中。我只需把它们适当地排列、组合一下，写出来即可。

然而，这样写出的义忆却是迄今为止我所有作品中最最稚拙的。并不是因为新型AD的症状最终侵害到了身为义忆技师的才能，主要原因在于，这是专门为我自己制作的义忆。

其实，要制作出优质的义忆，最关键的是向委托者投以冷静而透彻的目光。一方面，对委托者的共情毫无疑问非常要紧，可另一方面，我又必须跟义忆的主人公，即委托者撇清所有关联。为什么呢？因为人唯独无法对自己的事保持冷静的思考。义忆技师完全和委托者重合的时候，会在顷刻间失去想象的气势，作品世界中的方方面面将会化为前定和谐式[1]的无聊产物。因此，所谓的共情顶多只能维持在隔岸观火的程度，而我却将这一禁忌击了个粉碎。

即使如此，我还是完成了“男孩遇见女孩”。这是一款粗糙却充满着纯粹祈祷的义忆。即使这个作品向大众公开，多半也得不到任何人的赞赏吧。大家肯定会横挑鼻子竖挑眼地认为它太过迎合愿望，自命不凡以及幼稚小气吧。可我觉得这样就好，不被认可也无所谓，因为这是给我自己的故事。

1注：在日本社会中，“前定和谐”一词被引申为“一切事物都依据预定情况发展，而结果也和人们的预期一致”的意思。

我制作的“男孩遇见女孩”不止一款。除了天谷千寻的视角，我还并行制作了夏凪灯花（替换了我的本姓“松梛”的一个辅音[1]，使它看上去颇像个女英雄的姓）的视角，然后将它植入了自己的脑中。

据说义忆对新型AD造成的失忆具有一定的抗性。因此这么一来，哪怕病情发展到末期阶段，我失去了所有自身的记忆，唯有身为“夏凪灯花”的义忆还会暂时留存下来。

那时，我就能变成真正的“夏凪灯花”。

最初，我只是想偷偷在天谷千寻委托的“Green Green”里掺入我制作的义忆，除此之外没有别的打算。纵使没有现实中的交集，只要这世上的某个角落能有人思慕着我，一切便足矣。光是这个事实存在，应该就能让我安心赴死。

然而，人的欲望是没有尽头的。在反复思慕着那个或许会在遥远小镇为我祈祷的人时，我已死的心中却亮起了微弱的灯火。就像我如此渴求着他一样，他会不会也渴求着我呢？或许不局限于回忆中，他会不会同时也渴求着与我产生现实中的交集呢？这份期待在我胸中无声地膨胀了起来。

就这样到了五月底，在一个星空分外瑰丽的舒畅夜晚，我制定了“发小计划”。

假戏真做吧。

作为夏凪灯花去见天谷千寻，实现多年来的梦吧。

作为一个女孩，为了能在被爱中死去，献上所剩的一切吧。

我下定了决心。

当然，实现梦想伴随着重重困难。天谷千寻知道自己跟夏凪灯花

1 注：日语中夏凪的发音为“なつなぎ（natsunagi）”，松梛的发音为“まつなぎ（matsunagi）”，两个姓氏间只差一个辅音。

度过的岁月都是编造出来的。要让他将义忆误认为现实，我必须彻彻底底地扮演成夏凪灯花这个义者，必须让他对夏凪灯花的真实存在产生迫切的渴望，以至于不惜亲自改写记忆。成功的可能性微乎其微。

即便如此，我也认为值得一试，并认为自己拥有尝试的资格。我决定赌一赌这个奇迹是否会发生。

连累到陌生人人生的"发小计划"就这么一厢情愿地开始了。最先决定好的是，邂逅得定在夏季。我想重现那天在故乡的土地上幻想到的，命中注定的再会。此外我还有个意图:或许预留一段准备期也会令天谷千寻心中夏凪灯花的存在感变得更强吧。

距离夏季还有差不多两个月，剩下的时间一秒都不能浪费。我向诊所坦白了自己患病的事实并递交了辞呈。办完诸多手续后，我带着比当时更为彻底和明确的目的，重启了去年夏季的计划。为了尽量接近他的理想，为了他眼中的自己更像个"女英雄"，为了能在死前拥有一段甜美的恋情，哪怕只有一点点也好。

制定计划之初，我本打算将邂逅安排在出梅的时候，但又想在遇见他之前把一切都安排得完美无瑕，于是就这么延迟了一周又一周。我很清楚，万一正式重逢前就丧了命，那将是鸡飞蛋打，不过可能是因为生活有了盼头，新型AD的恶化竟然暂缓了。

离职后不久，耳边就传来了诊所倒闭的消息，据说是设备投资失败等祸不单行的结果。我也算是歪打正着逃离了将沉之船（原本那诊所就像靠着我一个人运转似的，可以说我的离职给了它致命一击）。倒闭对我来说可谓再好不过，今后即便天谷千寻对自己的义忆产生什么疑惑，能咨询的地方也已关门大吉了。诊所有义务保管病历数年，倒也不是不能要求调取，但得经过一套十分烦琐的手续——至少能在他弄清真相前拖延一点时间吧。我稍微担心的，只有当初曾好心邀我参加酒会的同事。

七月底，我的身心状况总算达到了期望的水平。我的心灵比高中时代的自己更为娇嫩，我的身体也比高中时代的自己更有朝气。仔细想想，十几岁时的我曾热衷于工作，很少吃饭、运动、睡觉，导致双眼充血、嘴唇干裂、骨瘦如柴，看起来比实际年龄要大得多。那时有那时的快乐，我并不想否定当时的生存之道，但还是会想，如果自己一开始就生好了这副容姿，或许会走上更为幸福的人生道路吧。只不过若真是如此，我多半就无法成为义忆技师，也不可能在这茫茫人海找到那唯一的极致男孩了吧。

因此，我并不憎恨自己的命运。

趁着天谷千寻外出打工的间隙我搬完了家。第二天，我穿着浴衣上了街。都这个年纪了却从没穿过浴衣，所以我想趁现在尽快适应适应。

我选择了与回乡时所见的那位女孩十分相似的穿戴：深藏青色的底，散缀着烟花图案的浴衣，以及小小的红菊发饰。分明也不是要去跟谁见面，我却连发型也整理得妥妥帖帖——换成“夏凪灯花”，她应该就会这么做吧，毕竟身边常常有个目不转睛看遍自己的男孩。

坐上电车后过了一会儿，我发现车上除了我以外还有不少穿着浴衣的女孩。看来某个地方在举办庙会。我跟着下了车，尾随着那个浴衣小群体。我一边同没穿惯的木屐苦战，一边想：这完全就是去年那天的重现啊。然而这次跟上次有一点决定性的不同，因为我预想的对象不是幻觉。

庙会的规模很大，整个城镇洋溢着活力，散发着热气。各色的灯笼和幡旗在门前大道上争奇斗艳，人群像是拥有自我意识的巨大生物一样缓慢蠕动，无数太鼓如雷雨般轰鸣，将蝉声抹得干干净净。门前大道上神轿延绵，它们随着身披蓝色法被、头绑捻巾的轿手们的口号摇晃起伏。

令人目眩神迷的热量让我禁不住伫立在原地。对现在的我来说，这种生命所拥有的粗野跃动有点太过刺激了。

可我并未逃避这种夏季的狂躁。拨开纷杂的人流，我前进的步伐丝毫没有减慢，仿佛要赶去前方跟某个人碰头一般。

像是受到某种指引似的，我最终到达了神社。一开始我就知道会有这样的发展。

我再次浮想联翩，假如真有所谓命中注定的再会……

那么这个地方，不正是最适合的舞台吗？

和那天一样，我在神社境内徘徊，四处寻找理应已受到义忆的指引，与我一样到达了神社的天谷千寻。

然后，从未相遇过的两个人"再会"了。一度擦身而过，但走出几步后他们又扭过头，清晰地认出了彼此的身影。

这晚，我那小世界的齿轮终于咬合上了。

我最大的失算在于，原来天谷千寻有着近乎强迫性的虚构过敏症。他成长于典型的功能失调型家庭，义忆是造成家庭不健全的原因，也导致了这个家庭最终选择追寻义忆，因此他对义忆有着强烈的恨意。这种憎恶要稍稍超越他心底对极致女孩的渴望。不论他有多喜欢眼前的事物，但凡里面含有一丁点虚构成分，他就会全盘拒绝。

只要看过一遍他的"简历"，应该很容易就能发现这一点。可是，我疏忽了。尽管我反复琢磨天谷千寻的过去，甚至到了能背诵下来的地步，却对他的根基视若无睹。我一味地关注他和我在人生中的相似点，却没把最先需要解读的部分放在眼里。

或许这也是无可奈何的。在与死神赛跑的状况下，我很难保证自己能做出冷静的判断。当时的我已经没有余力去想象那些于己不利的真相了。况且，恋爱会使人盲目。

认为他订购的是“Green Green”乃咨询师的贸然判断，我若是知道他实际上订购了“忘川”，那么之后的发展或许就截然不同了吧。而这则消息送达诊所的时候，我早已提交辞呈，离开了职场。我也从没想过需要“Green Green”的人会憎恨虚构的事物，预先就断定他也和我一样是青春僵尸的一员，期盼寻回失去的青春时代。

可就算如此，假若天谷千寻单纯是个厌恶谎言的人，那或许还有办法对付。更麻烦的在于，状况越接近理想，他就越会疑神疑鬼。一般人多多少少会设法将事情解释得于己有利，而他则正相反，不管什么事，他不在一开始就设想最坏情况就不肯罢休（而这种倾向也是平常的我在看过“简历”之后就该发现的）。

天谷千寻爱上了我执导的“夏凪灯花”，这点是不会有错的。同时，他也顽固地拒绝承认这份感情，或者说，他一边承认，一边又试图将其归结于一时的鬼迷心窍。对他来说，希望只是失望的种子，为了保持精神状态的均衡就必须彻底排除掉这些念头。姑且不谈他相不相信我，他首先便对幸福本身抱有怀疑。就像病前的我连寂寞都感觉不到一样，他甚至无法去做幸福的梦。

认真想想，要是我处于相同的状况，大概也会出现相同的反应吧。这等好事怎么可能落在自己头上，自己怎么可能得到这种幸福？这么一说，整件事肯定是背后有什么阴谋吧。这个人打算在向自己展示瞬间的美梦后，瞄准空隙将自己推入无尽的深渊吧。绝对不能掉以轻心。

每晚我回到自己屋子后，都会苦恼地抱住脑袋。要怎样才能突破那麻烦的双重壁垒，让他同时相信谎言与幸福？果然还是只能花时间踏踏实实地积累信用吗？可我的时间已经不多了。从最近几个月的症状来看，恐怕我会在这个夏季结束的同时失去一切吧。不仅是记忆，还有生命。

或许我干得有点过火了。或许我不该努力变成什么漂亮姑娘，而是索性在提出计划的时间点就以我原有的那副丑态去接近他。或许我应该展现五年后已面目全非的“夏凪灯花”，让他从一开始就大失所望。这么一来，至少他不会如此提防着我。说不定这样反而能让他产生亲切感，还能多争取两个月用于建立信赖关系。

我单纯地以为，如果自己继续扮演他眼中的极致发小，那么总有一天，他也会成为我眼中的极致发小，但是我终于发现，原来自己不小心采取了《北风与太阳》故事中北风的策略。

只是，事到如今我也回不了头了。时间无法倒流。

我到底该怎么办呢?

亲手做的菜被当面倒掉的时候，我意外地没有感到愤怒。这一定是对我的惩罚，是我企求拥有不相称的幸福，利用义忆技师的职务之便无礼地闯入他人的记忆，破坏对方平稳生活的报应。

一切从最开始就错了。我不该来到虚构世界的外部，奢望与他人交流。我应该做个自给自足的小小国王，自始至终都是自己说了算。这样就不会给任何人添麻烦，也不会像这样受伤了。

我能轻易地从天谷千寻的表情看出，那样的举动并非出自他的真心。为了保护自己的世界，他必须战胜“夏凪灯花”这个象征符。倒掉菜，将盘子递到我面前后，他的声音里流露出了强烈的动摇。为了伤害我而劈下的刀刃反弹回去，似乎也伤害到了他自己。

不过不管怎么说，是时候收手了。他的苛待给我的内心造成了无法修复的损伤。我不觉得自己还能继续演下去，不觉得自己还能再多承受一秒来自他的敌意。

然而我还是用尽最后的力气，在走出他屋子前一直维持着“夏凪灯花”的形象。回到自己的屋子后，我便把脸埋进枕头，闷声痛哭起来。

到头来，我根本没能满足自己一星半点。在那般惨痛付出的努力下得到的，只有被最爱的人拒绝时的悲伤，我还真不想在死之前品味到世上的这种痛苦呢。

那之后我便不再去见他，每天不迈出自己屋子半步。我不再幻想，也不再考虑策略，只是小声地播着唱片，一味望着雨。榨干了最后一滴希望以后，我的内心出奇平静。余生已了无期待，心如止水。我一边体会着如同晃晃荡荡的长途归家列车带来的舒适倦怠感，一边等待着审判日的降临。

我的旅行就快到终点了。

在阳台见到蝉的尸骸，是在一周以后。

这天，风声让我醒了过来，台风好像来到了附近。我站在窗边，望着被暴风雨蹂躏的城镇。呼啸的狂风猛烈地摇晃着行道树，像是要把它们折断。店铺门前的招牌倒下了，花坛里的花儿被吹散了，自动售货机的垃圾箱也翻了个个儿，仿佛有人想通过这种破坏行为再造一个世界似的。我把周围的场景看了个遍，然后发现阳台地板上躺着一具小小的蝉的尸骸。

宣告夏季结束的使者在阳台正中端庄地停止了呼吸。它是特意从后树林里飞出来，将这里选为了死亡场所吗？还是由于被强风吹得失去控制，不得不在这里迫降呢？抑或是在等待暴风雨平息的途中寿命走到了尽头，壮志未酬身先死呢？

我想品出个中深意，于是聚精会神地观察着那具尸骸。八月已经过去了一半，以这次台风为分界点，蝉的数量大概会锐减吧。蝉鸣消失和我命消亡，哪个会先到来呢？可以的话，我希望在还听得到喧闹蝉鸣的时候死去，这样或许也能冲淡些许孤单吧。

此时，我突然意识到。

根本没必要老老实实地等待已经定好的死亡啊。

要是等不来，我主动去迎接它不就好了。

我一想，其实几个月前自己就做过一次决断了。我曾打算在完成最佳杰作后便自绝性命，但瞥见天谷千寻的“简历”后却迅速改变了计划。要是没瞥见，那个时候我应该已经自杀了。

如今我再次思考起这个选项来。就算继续活下去，我也没什么事可做了。反正不管做什么都事与愿违，去琢磨怎么享受余生也是白费功夫，还是早早地来个了断为好。趁我这毫无波澜的心海还算风平浪静。

时隔一周我走出了屋子。打开门，直接沐浴在风中时，体内某处发出了小小的警报。喉咙深处微微发疼，恐怕是哮喘时代的残余吧。我的肉体还记得逢台风接近便会引起发作的那段经历。

我撑开伞走进雨中。或许这阵强风早晚要把伞刮坏，但无所谓，因为今天的我不必考虑回家的问题。

目的地一开始就定好了。这附近能跳铁轨或跳楼的地方原本就非常有限。而且硬要说的话，比起跳铁轨，我觉得从高处跳下更适合自己。这样一来就只剩下距此地三十分钟路程，位于国道旁的公寓之类的地方了。

我往那里走去。

古旧的公寓，消防楼梯口象征性地摆着围栏，可个头较矮的我还是轻易地越了过去。没看到监控摄像头，而且就算我被发现了，接下来花不了五分钟就能完事。多亏了台风，外面几乎没什么人，攀爬围栏也不会遭到盘问。

我顺着水泥楼梯，用力踩着台阶，一级级地往上爬。大概很久没打扫了吧，台阶上覆着一层淡淡的青苔，雨水打湿后就变得滑腻腻的。跳楼最好还是挑个晴天，但等天气变好了，决心或许就会动摇。而且，要是时隔一周重见蓝天，连日降雨带来的宁静的绝望感或许也会云消雾散。因而，果然还是今天最合适。

爬到十五楼，我弓着腰调整了一下呼吸。比起下层，顶层附近没有丝毫青苔或霉点，十分干净。等呼吸恢复正常，发烫的身体也冷下来后，我抓住了消防楼梯的栏杆，正准备往手臂发力，探出身去的时候，脚边有个东西进入了视线。

我弯腰把它捡了起来，是烟花。那种便利店或超市里有卖的，能拿在手里的仙女棒烟花，此刻正孤零零躺在地上。大概是住在这栋公寓里的孩子在此偷偷玩耍后丢下的吧。

我靠在墙上，将烟花凑近自己的脸，像是嗅花香似的闻着火药的气味。

灯花，这是我的名字。多少会让人联想到烟花，很适合七月出生的我。

然而，从来没人好好地叫过这个名字。父母只会用第二人称叫我，同学和同事则叫我的姓，而叫我名字的人肯定会把松梛这个姓带上，所以我会让义忆中的“他”不停地叫我的名字。不过，现实中的天谷千寻只叫过一次——最初与他对话的时候，轻轻一声，还带着隐形的问号。仅此而已。这种根本不作数。

或许这个名字暗示了我的命运：如烟花一般放出瞬间的光辉后，虚无地燃尽成灰的人生。冲天的烟花将升上最高点，在夜空中放出朱红的花朵，而名字含义与之正相反的我接下来将坠至最底端，在地面绽放成鲜红的花朵。

具有讽刺意味的契合让我情不自禁地笑了起来。好久没在演戏之外的情况下笑了，这一笑让我稍微轻松了一些。

不知什么时候风渐渐停了。我将身子探出栏杆，用手指把仙女棒烟花弹了下去。烟花随着重力静静地降落在沥青路面上。

好，接下来轮到我灯花了。

我打起赤脚，规矩地把脱下的鞋并排放好，闭上眼睛，用左手按着胸口并做了一次深呼吸。最后，在心底向天谷千寻道了歉。对不起，我这自命不凡的计划连累了你。

我盯着烟花想心事应该只有十秒上下，对人类那漫长的一生来说，十秒基本就跟误差一样。再多活十秒，一切都会大不一样——我从未听过这种无稽之谈。

唯独这次，十秒令我的命运迎来了巨大的分歧点。

或者说，那根仙女棒烟花可能是以它与我的同类情谊，代替我从楼顶坠落，为我争取了十秒。

这一点，我很久之后才反应过来。

当我正要从栏杆探出身子时，电子音响了起来。

一开始我以为是什么警报声。针对非法入侵者的探测器现在才起作用吗？还是有人发现我形迹可疑而报了警呢？可声音是从我衣服口袋里发出来的。我掏出手机，看到显示屏上的名字后，头脑顿时一片空白。

天谷千寻。

我揉了揉被雨淋湿的眼皮，仔细再看了一遍。天谷千寻。

没错。这是他打来的电话。

我陷入了深深的混乱。为什么如今他会打电话给我？难道时至今日，他终于打算相信我撒的谎了？还是他察觉了我的真面目，做好了谴责我的准备？我觉得哪个都不可能。就算他相信了我的谎言，或要揭露我的真面目，又怎么可能会主动给我打电话呢？他极端被动，只要我不采取行动，他就会在自己的小世界中自圆其说。亲自来道歉或是逼问，不符合他的性格。

停止思考数秒后，我回过神来。总之得先接电话。用颤抖的手按下通话键的瞬间，手机挣脱了我那被雨水和汗水打湿的手，飞到空中。我伸手去抓，它又在掌心弹了一下，一瞬间像是静止在半空一样，随后无情地落到了十五楼之下。我穿上鞋，以跳楼般的势头沿台阶往下跑，翻过围栏，气喘吁吁地捡起手机。显示屏被摔得粉碎，当然，按下电源键也没有反应。

必须回去探个究竟。在得知他打来电话的理由之前，我还不可以死。

能在这种偏僻地方立刻叫到出租车实属侥幸。听我说完目的地，司机默默地开了起来。路上很空，只花了几分钟车子便到达了公寓前。我没来得及拿找零就下了车，顺着楼梯奔上二楼。

然后，我目睹了难以置信的场景。

天谷千寻站在我屋外，拼命地拍着门，一味喊着我的名字。

他没穿鞋，看上去像是慌慌张张地从自己屋里跑出来一样。

他似乎已在那里站了很久，全身都被雨淋湿了。

隔了一阵子后，我理解了其中的缘由。

他误以为我在台风的影响下哮喘发作了。

他一心觉得我正蹲在屋里动弹不得。然后，他想来救我。

真傻啊。

我不由自主地笑了起来。

我避开他的视线，在台阶上坐下，听着他拍门的声音从背后传来。

然后，细细品味起方才传入耳中的话语的回响。

让自己整个人缓缓地浸润在幸福错觉的余韵中。

我胸口内侧涌起一股暖流，不知不觉间，眼泪从脸颊上滚落下来。

视野渐渐模糊，夏季的风景融化其中。

他，叫了我的名字。

现在，只要如此便好。

拍门声停了。我悄悄探出脑袋，窥看千寻。

他倚靠在门边的墙上，神情恍惚地抽着烟。

不知不觉，风停了，阳光穿过云朵间的缝隙，照亮了他的脸。

我抽吸着鼻子，擦干眼泪站了起来，然后摆出我珍藏已久的笑容，偷偷靠近他。

我决定试着再努力一下。

11 你的故事

君の話

九月底，我收到了一个大号信封，里面是灯花的“简历”和她写的一封短短的信。

我先把信浏览了一遍，然后看了“简历”。信的内容很简洁，她坦白自己患了新型AD，同时为借用义忆欺骗我一事而道歉。与之相比，“简历”的分量十分庞大，我花了四个小时才全部看完。

我废寝忘食地反复看了好几遍，就像她做义忆技师时会将委托者的“简历”理解到倒背如流的程度那样。

那里包含着所有的答案。“简历”似乎是在灯花十八岁时制成的，我只能想象她是在何种背景下提出了“发小计划”，不过如今我已经把握了她的人生过往，想象倒也并非难事。

她从天谷千寻这个委托者的“简历”中感到了命中注定，基于“两人在七岁时相遇”这个假设制作了义忆，并期望通过将其植入双方大脑来拯救回忆中的两人。不仅如此，为了将虚假变为真实，她还在我面前扮演了这位发小。

她想作为“夏凪灯花”度过剩余的时光。

或许，这就是真相吧。

真傻啊。她本不必兜这么个圈子的，只要把“简历”给我，说一句“我们命中注定”就足够了。要是一开始就看到了她的“简历”，我本可以无所顾忌地去爱她的。即使没有虚假记忆的牵线搭桥，我们本来也是彼此的极致对象。

她直到最后都只相信虚构的力量，我对此感到很可悲。她近乎走火入魔地追逐肥皂泡般缥缈的幸福，以至于放跑了眼前那切实的幸福，这种粗心大意直叫人心疼。

而我最想诅咒的，则是因太害怕受伤而未能注意到她发出了求救信号的自己。

我犯下了无可挽回的错误。

我，应该只有我才能拯救灯花。我百分之百地理解了她的孤独，百分之百地理解了她的绝望，百分之百地理解了她的恐惧。

没错，我之所以迟迟不敢喝下“忘川”，是因为在喝下伪造的“忘川”后体会到了失去记忆的恐怖——那种自己仿佛不再是自己，世界从脚下开始湮灭一般的深不见底的恐怖。

她一直在与这种恐怖作战。没有人能让她依赖，没有人给予她理解，没有人带给她安慰，她始终孤立无援，只是怀抱祈祷，等着我回心转意。

可我……

我应该上灯花的当吧？就像遇上“恋爱式营销”，被迫买下高额画作仍坚信池田存在的冈野一样，我应该把万事都解释得于己有利才对吧？然后，只需心甘情愿地任她玩弄于股掌之间便好。

否则，我应该干脆像江森那样，对义忆做个彻底的调查。这么一来，或许我迟早会发现灯花那篇采访。即使没到那个地步，至少在知道世上有这么个不满二十岁的义忆技师后，我或许也能靠自己的力量发现她就是我那“Green Green”的制作者。由此，我说不定能为她冲淡些许的孤独、绝望与恐惧。

可是，我却做了最坏的选择。我完全不打算相信她，也不打算积极地去解决疑问，装模作样地搞了番调查后，就这么让谜题继续成谜了。为什么？一方面我很害怕被她欺骗，另一方面也是因为我讨厌从梦中醒来。我希望能在介于不信与相信之间的“说不定领域”停留得稍微再久一些，待在绝对不会受伤的安全地带里，佯装不知情地觍着脸，享受灯花对我的爱。

然后，她忘记了一切。几天前的事情她都想不起来，和我一起度过的短暂夏季的回忆也消失得无影无踪。现在她看见我，已认不出来我是谁了。

几天前在公寓的走廊里再次见到灯花时，她投来的眼神让我想起了母亲。她服用“忘川”后舍弃了家人的记忆，再会时她向我投来了这种目光。我问她是否还记得我时，她面露歉意地摇了摇头。

到底发生了什么——我倒也没有产生这样的疑问。

啊，我又被珍视的人遗忘了啊，脑中只有这么个念头。

灯花拎着个很大的包走出了屋子，大概是回来做住院的准备吧。我在阳台目送她的背影，虽然很想追上去跟她说话，但我的脚动不了。再被那冷漠的视线扫射一遍的话，我没有自信能继续保持理智。

还有不到两个月，她可能就要忘记怎么行走、吃饭、活动身体、说话、呼吸了吧？躲不开的死亡正在前方等着她。

我想道歉，可道歉的对象已不在这世上了。我在心中起誓，那么至少让我把剩下的一切都奉献给灯花吧。不仅在这个夏季，就让我为了她用尽自己的余生吧。哪怕她已经远离这个世界，我也要永远，永远地为她献身。

*

尽管我想立刻飞去见灯花，但在那之前得先完成一些事情才行。我去美容院剪掉了过长的头发，上街买了几套新衣服。为了能让她联想起义忆中的“天谷千寻”，我选择用清爽的发型和服饰包装自己。最后我回到公寓冲了个澡，换上刚买的衣服，总算是做好了准备。

我站在镜子前，端详起自己的脸。最后一次正经照镜子是在什么时候呢？我想不起来了。然而和过去相比，我能感到表情里似乎剔除了原有的僵硬。当然，这是受了灯花的影响吧。

我坐上巴士，前往她可能会住的医院。天气晴朗，万里无云，火炉般的酷暑早已过去，车里也颇为舒适。窗外的绿色逐渐增多，巴士顺着水坝旁的坡道蜿蜒而上，穿过短短的隧道后，在一小片向日葵田前停了下来。我付完车费后跳下了车。

巴士开走后，周围被寂静笼罩。我驻足眺望了一番四面的风景，群树环绕的土地上零星点缀着几栋老旧的民宅，沁人心脾的空气中混杂着潮湿的泥土气息。

我载着灯花骑车时曾多次到过同一座公园，那间医院就在它对岸。没有任何证据能表明灯花就住在那里。只是我觉得，这样就能解释她为何会对那间医院表现出浓厚的兴趣了。

我在正面玄关前无意间往二楼看了一眼，发现窗边有人站着。

我凝视着对方的面孔。

那是我的发小。

这次我可得好好干了。

病房里弥漫着浓重的死亡气味。既不是尸体的臭，也不是线香的香。这里有会令人误以为是死亡气味的东西，或者说，这里少了一种活人的生活空间里理应存在的气息吧。

灯花就在这里。距离最后一次见面才过了一周而已，但她看上去似乎已瘦了一些。不，或许那仅仅是渗入病房的死亡阴影给予我这种感觉罢了。

她站在窗前，依旧望着外面的风景。身上不是往常那套纯白的睡衣，而是颜色暗淡的蓝色病号服。大概因为尺寸不合适吧，袖子和下摆都往上卷了一截。夹在腋下的蓝色记事本应该是她如今的外部记忆载体。这意味着她的病情正在恶化。笔记本的封面没有一个字，只夹了一支廉价的圆珠笔。

我在病房门口停下脚步，长久而恍惚地注视着灯花的身影。她似乎很适应病房的生活，整个人在这凄凉的空间里颇为放松。而病房方面看起来也十分欣然地接受了灯花这个存在。

这份和谐感给了我一种强烈的预感：她是不是再也不会走出这里了？而这一点恐怕就是事实。接下来若有机会离开医院，届时的她大概已变成她的某种过去式了吧？想到这里，我的胸口就像被撕裂一般。

灯花在预备迎接第二次死亡。

我始终发不出声音跟她打招呼。我没有勇气往她和病房那亲密关系中横插一脚。而且可能的话，我也想一直在稍远处望着她。因为这还是我第一次见到她独处。

终于，灯花慢慢地转过身，注意到我这个访客。她歪了歪脑袋，把垂下前额的刘海拨到一边，盯着我的脸，然后用嘶哑的声音叫了我的名字：

“……千寻？”

她不可能还留有记忆。她只是在义忆中的“天谷千寻”和眼前的我之间寻找到了些许共通点，然后自然而然地做出了推论。就跟第一次与灯花近距离对视时，我会条件反射般喊出她的名字一样。眼前画面与义忆片段的相互重叠，也刺激了她的想象吧。

“灯花。”

我十分顺口地叫出了她的名字。声音太过平和，简直不像从我喉咙里发出来似的。而不去刻意表演，我仿佛也完全成为“天谷千寻”了。

变成“夏凪灯花”的“英雄”。

灯花难以置信地瞪大眼睛凝视我，就像在说“不可能有这种事，肯定是哪里弄错了”。她像是寻找幕后黑手般在房间里东张西望，但这里只有我们两个人。

她表情极度困惑，问道：

“你……是谁？”

“天谷千寻，你的发小呀。”

我从摞在墙角的圆凳中搬了一张放到病床边上，然后坐了下来，但灯花并没有从窗边离开的意思。她隔着一张床，向我投来充满警惕的视线。

“我没有发小。”她终于开口道。

“那么，你怎么会知道我的名字呢？刚才你不是管我叫千寻了吗？”

灯花短促地摇了几下头，将左手按在胸口深呼吸了一下，然后像讲给自己听似的说：“天谷千寻这个义者，是只存在于我脑中的架空人物。由于患上了新型阿尔茨海默病，我的记忆被连根拔除了。现在我脑中留下的只有伪造的记忆。我确实记得天谷千寻这个名字，但这恰恰意味着天谷千寻并非真实存在，因为使用真实存在的人物作为义者的原型是被禁止的。”

她一口气说完后，重新向我发问：“我再问一遍——你是谁？”

新型AD只会夺去记忆，看来这个说法是真的。她脑中依然留存着关于义忆性质的知识以及正常的判断力。当然，我早就料到会有这么一出，也曾经考虑过编个类似的理由糊弄她。不过转念一想后，我决定放弃——我打算用和她一样的办法，让一切都从头来过。

我要原封不动地继承灯花的“发小计划”，证明她的主意是没错的。

“我是你的发小，天谷千寻啊。”我重复了一遍。

她无声地盯着我，如同揣度着双方距离感的野猫。

“要是你无法相信，那么不信也罢。然而，只有一点请你记得。”我借用了失忆前她说过的那句话，“我会永远站在你这一边的，不论发生什么事。”

*

琢磨了一整晚后，灯花似乎与当初的我得出了相同的结论。

“根据我的推断，你是个盯上了我的遗产的骗子。”

第二天，她看到我的脸就这么说。

我并没有否定，而是反问她经过了怎样思考才得出这个结论。

“我去问了‘监护人’，听说我好像挺有钱的呢。你是打算给失忆以后一头雾水的我下个套，把遗产捞到手吧？”

我不禁苦笑起来。灯花骗我的时候，肯定也是这种心情吧。

“有什么好笑的？”她脸颊飞红，瞪着我。

“没，只是突然想起了一些往事，有点怀念罢了。”

“请别打马虎眼。你有办法证明自己不是骗子吗？”

“没有啊。”我老实地回答，“只是，假如像你所说，我是个盯上了你的遗产的骗子，那我可不会想去扮演天谷千寻这个义者啊。扮演成某个酷似天谷千寻的人，才更容易乘人之危吧。”

她稍微思考了一下我的反驳，然后用冷冷的口吻说：

“这可不一定，也许你坚信我早已分不清义忆和记忆。毕竟普通人并不知道义忆能扛住新型AD导致的失忆。要不就是，也许你觉得我已经脆弱到不在意谎言和真实了。”

“或者，也许我过高地估计了义忆的影响力，”我抢先补了一句，“不然的话，也许我有着必须扮演发小本人的隐情。”

“你蒙我也没用哦。总之，‘天谷千寻’是个不存在于现实的人。”

“光给你看看驾照或保险证，你应该也不会信服的吧？”

“是啊，这种东西很容易造假。而且就算你是天谷千寻本人，也不能证明你就是我的发小，因为这段义忆有可能原本就是为了陷害我而制作出来的。”

我叹了口气，真像是和曾经的自己面对面。

“还有，我想想哦，也不能排除愉悦犯的可能性。这世上就是有人喜欢玩弄人心，然后在背地里偷笑呢。”

“你也太悲观了。你就没想过，可能是曾经被你拯救的男子要来报恩了？”

她断然地摇了摇头，说道：“我可不觉得我有这么高的声望。医生都宣告我活不长了，但一个家人、朋友、同事都没来探望过我呢。想必我的一生都是孤家寡人、毫无意义的吧。没留下任何相册或是日记之类的东西，也是因为我的过去不值得回忆吧。死之前失去所有记忆，说不定反而是件好事。”

“的确，你的人生或许是孤独的。”我赞同道，“然而绝不是毫无意义的啊，所以我才会出现在你面前。换句话说，你是我的‘女英雄’，我是你的‘英雄’啊。”

“……你是不是傻？”

之后，类似的对话重复了好几轮。

“说到底，你还是理解不了吧，”灯花的声音微微颤抖，“即便是虚构的，对我来说‘天谷千寻’的记忆也是唯一的支柱，说他是我的整个世界都不为过。而你现在却要玷污这个神圣的名字。你想冒充他并引诱我，但这只会起到反作用。我憎恨伪装成‘天谷千寻’的你，恨得要命。”

“没错，那是对你来说最最重要的记忆。”我顺着她的话将计就计，“正因如此，你不觉得它才会奇迹般地免于被忘却吗？”

“不可能。要是只有重要的记忆会保留下来，那应该存在许多先例。毕竟比我这种人有着更美妙回忆的新型AD患者可是要多少有多少。”

“然而，没有患者会像你这样执着于某一个人的回忆，不是吗？”

数秒的沉默反映出她内心的动摇。事实胜于雄辩。

即便如此，她还是顽固地表示：

“不管你怎么说，这段记忆肯定就是义忆。非要说的话，它就是做得太完美了，每段记忆都太舒心了，让我深深感到制作者就是按照我的愿望写下的。这的确是基于我的‘简历’而制成的义忆。行走在黑暗人生中的我，或许至少想在虚构世界中得到救赎吧。”

我正想接着反驳的时候，通知探视时间结束的八音盒音乐开始在医院内回响。

《萤之光》。

我们中断了对话，侧耳倾听起那首曲子。

毫无疑问，她和我的脑中浮现起了相同的画面。

“确实，这是一种诅咒。”我笑着说。

灯花无动于衷，但我没有错过她紧绷的表情稍稍柔和下来的瞬间。

“我差不多该走了。打扰啦，明天见。”

我站起身背对着灯花时，她说：

“再见，骗子先生。”

口气很生硬，却感觉不到敌意。

我扭头留下一句“明天我会更早来哦”，走出了病房。

那之后的几天里，灯花一直管我叫“骗子先生”。不论我说什么，她都会将我的话当成骗子的花言巧语并不予理睬，还会讽刺一句“今天也辛苦你来上班了”。

然而我很快就看出她是在演戏。她远远比我聪明，一早就意识到我装成发小并没有任何好处。而且，她也能感到我是真的对她抱有好感。

看来，灯花不是害怕被我欺骗，而是害怕跟我亲密起来，表现冷淡或许也是为了划清我们的界限。放松警惕，亲昵得快绷不住的时候，她会立刻将我当成骗子，以此来隔开距离，约束自己。

我也不是不能理解这种心情。不久于人世已成定局，当下的她也是想尽量减少身上的包袱吧。对现在的她来说，“即将获得的东西”和“即将失去的东西”是同义词。生的价值越高，死的威胁也就越大，她想把生的价值维持在零点，以字面意义上的“死心”迈向死亡。

不过，她似乎也没达观到能完全舍弃我。要是我进病房打个照面，她就会很明显地流露出喜色；到了我回家的时候，她就会很明显地流露出失落。有一次我情绪激动地抱紧了她，她一点都没抵抗，甚至在我放开她的时候，还有些不舍地咬紧了嘴唇。要是一个不留神，失口叫了我一声“千寻”，她每次都会慌忙加上“……的冒充者，骗子先生”糊弄过去。

为了能在她身边多待一秒，我向大学申请了休学，也辞掉了兼职。不在病房的时候我会大量阅读新型AD的相关文献，寻找延长她寿命的方法，纵使我明知毫无意义。当然，这些努力也都打了水漂。

*

问起为什么不在病房里听音乐时，灯花的脸上笼上了一层阴霾。

“我没带到这里来，因为我拥有的音源都是唱片。只能带一部分的话，就索性都不带了……”

“如今你后悔了？”

“稍微有一点啦。”她点头，“单人病房白天很静，好是挺好，可夜里就太静了。”

“我想也是。”

我从口袋里掏出便携音乐播放器，递给了她。

“我把你过去喜欢的歌都装进去了。”

她小心翼翼地伸手接过去，滑动画面试了试操作方法后，又将耳机塞进双耳，按下了播放键。

之后的一段时间，她专心地听起了音乐。虽然表情没有变化，但身体的轻微晃动表明她正乐在其中。看来她很喜欢我的选曲。

为了不打扰她听音乐，我打算稍微离开一会儿。轻轻从椅子上起身的时候，灯花猛地抬起头，迅速摘下耳机，带着央求的口吻问道：

“……你要去哪里？”

我说打算抽根烟去。

“这样啊。”她听罢后叹了口气，再次将耳机归位，回到乐音的洪流之中。

顺着信口撒的谎，我去大楼外的吸烟室抽了根烟，但只抽了三口就把烟掐灭了。我背靠着墙，闭上眼睛，回想起刚才灯花试图挽留我的举动，一个人静静地感受着它在我胸中留下的震撼。

不论理由是什么，总之现在的我们已心意相通，这真叫人欣喜若狂。

第二天我去病房探望灯花时，她也沉浸在音乐中。两手罩在耳边，眼睛像沐浴在阳光里的猫那样眯着，脸颊隐隐放松了下来。

我出声叫她，她摘下耳机，亲切地跟我打了声招呼，说“早上好，骗子先生”。

“我把里面的音乐全部听了一遍。”

“全部？”我情不自禁地反问，“我记得所有歌加起来，应该超过了十个小时啊……”

“嗯，所以从昨天开始我就一直没睡。”

她用双手捂嘴打了个哈欠，又用食指揉了揉眼睛。

“每一首曲子都跟我的喜好完全契合，现在恰巧进入第二轮了。”

“你那么喜欢那些曲子，我真的很高兴。可还是得好好睡觉哦。”

而灯花好像没听见我的话。她从床上探起身子，把播放器的显示屏伸到我面前，兴奋得面红耳赤，说道:“这首曲子啊，我都听了十多遍了……”

然后,她又像是想起什么似的一击掌,将一只耳机塞进自己的左耳,再把另一只递给了我。

“千寻也一起听吧。”

灯花似乎完全忘了要叫我骗子。这样也情有可原。她清空记忆，从头听起那花费半生收藏的歌单，对爱好音乐的人来说，再没有比这更奢侈的事了（或许音乐并不包含在新型AD的失忆范围中，但患者至少会忘记音乐跟自己的关联吧）。

我在床边坐下，和她肩并肩，然后拿过耳机塞进右耳。她把播放器切换成单声道模式，按下了播放键。

暑假时跟她一起听过好多遍的老歌从耳机里传出。

第三首中途开始，灯花的眼皮慢慢地变重了。像节拍器那样反复晃了几次之后，她将整个人的体重交托给我，在我的膝头沉沉睡去。虽说让她睡在床上比较好，但我无法变换当前的姿势。小心地伸手将播放器的音量调低，我对着她那安详的睡脸盯了半天，毫不厌倦。

忽然，一个念头冒了出来——我即将失去这个人了啊。还莫名有一种与己无关似的感觉。

我还是未能明了，这件事对我来说意味着什么，就跟我不知道世界终结对我来说意味着什么一样。这份伤感实在太过巨大，以我的感官根本测量不出来。

尽管如此，现在也不该是唉声叹气或诅咒命运的时候了。我得暂且把这些都往后推，只去想怎样才能充实自己和灯花在一起的时间。如果要绝望，等一切结束后想怎么绝望都行，因为到时会有多到令人郁闷的时间让我绝望。

睡了一觉后，灯花终于恢复了冷静。为在我膝头睡着一事道歉以后，她盯了一会儿我的脸，像是看开似的深深叹了口气。

“骗子先生，你真的很懂得讨我欢心呢，好可恶啊。”

称呼回到“骗子先生”了，我内心略感遗憾。

“我好像，已经累了。”她仰面躺倒在床上，懒洋洋地说，“喂，骗子先生，要是你愿意现在立刻老实交代真相，我就把我所有的财产都给你哦。反正我也没别人可给了。”

“那我就交代真相了。灯花，我喜欢你喜欢得无可救药。”

“骗人。”

“我没骗你哦。你也隐约感觉到了吧？”

她翻了个身，背朝着我。

“……我这种空洞的女人，哪里好了？”

“哪里都好。”

“真够恶趣味的呢。”

听到那声音的调调，我明白她正在咧嘴微笑。

*

灯花渐渐在我面前露出笑脸了。她会给我摆好凳子，会向探望后准备回家的我说一声“明天见”，在我的膝头午睡也成了每天的习惯（尽管她会伪装成一种巧合）。

听负责照看灯花的护士说，我不在的时候，她总会一个劲儿地提到我的事。“那孩子一上午都会从窗口盯着大门，看你来了没有，等得心急如焚呢。”护士悄悄地跟我咬耳朵。

既然灯花已经这么接纳我了，那为什么不干脆依着我的谎言顺水推舟演下去呢？然而灯花就是不肯对自己的底线做出让步。我终究只是个盯上她遗产的“骗子先生”，而她也只是尽情享受与“骗子先生”交流而已——唯独这个立场是不会动摇的。就跟某处的某人曾经的所作所为一样。

某天傍晚，灯花靠在我肩头忧郁地说：

“在骗子先生看来，现在的我算是很理想的饵食吧。因为我已经极度衰弱了，所以你要是稍微对我好一点，我大概就会立刻投降。”

“应该说，已经基本投降了吧。”她又小声地补了一句。

“你不如乖乖投降，承认我是你的发小，这样我会很开心的。”

“那可不行。”

“我就这么不靠谱吗？”

她愣住了一会儿，大概用一组省略号可以反映出她的迟疑。灯花答道：“我多少能体会，你对我的好感不是假的，可是……”

“可是？”

“你想啊，”她的声音很沙哑，“明明所有记忆都消失了，却还残留着一个男孩的记忆。而他居然会一天不落地来探望既被家人抛弃又没有朋友的我。即使我已经没办法工作，身为人已经毫无价值了，他也还是说喜欢我……怎么可能会有这么好的事呢？”

“……是啊，我也是这么想的呢。”

她跳了起来，像要把我的脸开出个洞似的瞪着我。

“你承认自己撒谎了？”

“不是啊，”我缓缓摇了摇头，“你无法相信我，我觉得这也无可奈何。你那种将天遂人愿的事都看作陷阱的情绪，我刻骨铭心般理解……不过呢，人生偶尔就是可能发生阴差阳错的事情，就像完全幸福的人生极为罕见一样，完全不幸的人生也是极少有的啊。你大可对自己的幸福多抱一丝信心啦。”

这些话也是冲着曾经的自己说的。

那时，我应该对自己的幸福更有信心才是。

灯花默不作声，仿佛在咀嚼我的话。不久她舒出一口气，说道：

“无论如何，如今才来说自己获得了幸福，也只是徒增空虚。”

她左手按着胸口，像是要安抚怦怦跳动的心脏一样，然后又虚弱地笑着说：

“所以，你当你的骗子先生就好啦。”

只是，她的虚张声势也就到那天为止了。

第二天我一走进病房，灯花在床上抱着膝盖、颤抖不已的身影就跃入了眼中。

听见我叫她，灯花抬起头，用哭腔喊了一句“千寻”，而不是“骗子先生”。

然后她爬下床，摇摇晃晃地靠过来，把脸埋进我的胸口。

我一边抚着她的背，一边思索她到底遭遇了什么。

其实我根本没必要去想。

该来的来了。仅此而已。

估摸着灯花稍稍平静了一些，我问道：

“连义忆也开始消失了吗？”

她在我怀中轻轻地点了点头。

嗡，一声轻微的耳鸣。

一瞬间，某种模模糊糊的感觉向我袭来，世界像是跟原本的位置错开了几毫米一样。

义忆的消亡。

这意味着，她终于迈向了真正的归零。

这表示着，留给我们的时间已不足半个月。

贪婪地噬尽记忆的病魔接着下手的，是她的生命本身。

从她被宣告患上新型AD的那刻起，这一天就注定会来临。

我应该已经接受了这个事实并有所觉悟了。

到头来，我可能仍然什么都不明白。

而那天，我悟出了科学家开发“忘川”的真正意义。

到了二十岁我才终于理解，人们试图借助机械的微薄力量，想要忘却的究竟是什么。

那之后她不停地哭了几个小时，就像要一滴不剩地流尽此前人生中吞下的所有泪水一般。

从窗口射入的斜阳将病房染成淡淡的橘色时，她终于止住了哭泣。

朦胧视野的一角中，我能够看到她那摇曳的长长身影。

“我说，你讲讲以前的故事吧。”灯花哑着嗓子，“讲讲我和千寻的故事吧。”

*

我在灯花面前讲起了那些虚假的回忆。

第一次见面那天的回忆。我一心以为她是幽灵的回忆。我让她坐在自行车后座上四处兜风的回忆。暑假每天从她家门前经过，隔着飘窗跟她对话的回忆。新学期在教室里再会的回忆。作为唯一的熟人，我受命照顾不适应学校生活的她的回忆。每天早上接她一起去上学的回忆。平日也好，假日也罢，彼此间寸步不离的回忆。她总会牵着我的手的回忆。升上高年级，同学开始嘲弄我们关系的回忆。同学在黑板上画了情侣伞的回忆。我准备擦掉时，她说“不如放着”的回忆。无数次在昏暗的书房里听唱片的回忆。她得意地跟我解说歌词含义的回忆。休息日在她家过夜的回忆。两人一起看新电影，碰上尴尬镜头的回忆。在远足的巴士上坐到一起的回忆。爬山时我背着力气快用尽的她走山路的回忆。在森林夏令营的帐篷中跟朋友互道喜欢的女生后，第二天就在班里传开了的回忆。她也碰上了同样遭遇的回忆。跳集体舞跟她凑成一对时，她始终低着头的回忆。六年级夏天她哮喘严重发作的回忆。之后的那段时间她一咳嗽我就会焦虑不安的回忆。在七夕诗笺上写下“希望灯花的哮喘能治好”时，她双眼湿润的回忆。上初中后开始社团活动，在一起的时间变少的回忆。初二时第一次被分到两个班的回忆。以此为契机开始对彼此有了异性意识的回忆。彼此间的相处渐渐变得有些拘谨的回忆。她总在教室里等我结束社团活动的回忆。两人记错《萤之光》歌词的回忆。初三开始，以不同于小学的形式被同学嘲弄的回忆。将计就计吹嘘了一番两人关系中那些有的没的东西后，就再也没人嘲弄我们的回忆。她听闻以后满脸通红的回忆。运动会我被选为接力赛最后一棒的回忆。拼死跑到终点却体力不支倒地，她在保健室照看我的回忆。十五岁的夏季庙会略为不同寻常的回忆。她穿浴衣的样子特别好看的回忆。拉好防线狡诈地接吻的回忆。那吻既不是第三次，也不是第四次，而是第五次的回忆。双方装作毫无感觉，努力维持现状的回忆。退出社团后，庆幸两人在一起的时间又增加了的回忆。为了安慰疲于应付家庭问题的她，我从自家拿了酒跟她一起喝的回忆。然后稍微有点发酒疯的回忆。第二天两人难堪到无法对视的回忆。准备文化节时周围人妄加揣测，把我们关到一起的回忆。在伸手不见五指的教室里说了平时不会说的话的回忆。从阳台望出去后发现月色真美的回忆。修学旅行的夜里偷偷约会的回忆。各班自由活动时周围人默许了我们单独行动的回忆。为了考进同一所高中，两人一起去图书馆学习的回忆。从图书馆回家的路上初雪降临的回忆。在落雪与街灯下嬉闹的她让我看入迷的回忆。想手牵手回家，因此两人都故意不戴手套的回忆。新年初拜后她的话突然变少的回忆。那时她搬家日子已定的回忆。情人节时收到了比往年制作得更加用心的巧克力的回忆。我保存着每年她送的巧克力的空盒，这事败露后被她笑话的回忆。她突然告知自己要搬家时，我对她大发脾气的回忆。第一次惹她流泪的回忆。后来我去她家道歉，我们重归于好的回忆。两人约定即使天各一方也会去与对方见面的回忆。越是临近毕业，她的泪腺越是脆弱的回忆。哭着笑，笑着哭的回忆。毕业典礼之后两人在镇上漫步，分享过往的回忆。搬家前一天在空空如也的书房里说起英雄和女英雄的回忆。或许已在我们之间发生过的事。希望发生的事。本该发生的事。

我不停地讲述着自己能够回忆起来的一切。灯花像是在听摇篮曲那样，露出安详的表情静静听着。听到自己记得的片段时，她会露出“确实有这事儿呢”的微笑；听到自己不记得的片段时，她则会露出“原来有这事儿啊”的微笑，然后在手边的蓝色笔记本上做些简短的记录。

我说起七岁的回忆时她会化为七岁的少女，说起十岁的回忆时她会化为十岁的少女。当然我自己也会出现同样的状况。就这样，我们将七岁到十五岁的九年间重新活了一遍。

发现自己提到了并未包含在义忆中的片段，是在我的讲述快接近尾声的时候。

灯花制作的“Green Green”中有着大量的留白。或许是因为制作时间不够，也或许是因为她认为只需配置最低限度的有效片段就够了。不过不论是哪种情况，都有自由解释的余地。而我则凭着自己的想象力，在无意间填补了那些空隙。

必然产生的想象孕育出必然发生的插曲，我则将它们添加到义忆中，令一个个细节更为完整。这些插曲非常自然地融入灯花编写的故事里，彼此共振，“Green Green”一天比一天绚烂夺目。不去病房的时候，我会反复推敲我们的故事。在我的解释之下，过去的一切似乎可以被无限美化——只要我不对自己的想象力撒谎。

然而，就算完全填满了留白的角角落落，回忆仍旧是不够的。第五天，我终于把能说的义忆都说尽了。讲完灯花搬家那天我们约定再会的回忆后，就什么都不剩了。

空虚的沉默笼罩着我们。

灯花天真地问：

“后面呢？”

没有后面啦。你只制作了七岁到十五岁之间的义忆，故事在这里圆满地收尾，唯一知道下文故事的女孩已经不在这个世界上了。

可即使这样，我也不能在此就给故事画上终止符。故事是将她与生维系起来的最后一根丝线。我感到，失去这根丝线的瞬间，她那空洞的身体就会被秋季的初风带向远方，转眼间便不知去向。

所以，我决定接过灯花那幻想的接力棒。

既然她的故事结束了，那现在开始编织我的故事不就好了。

我遵循填补“Green Green”留白时所掌握的相同要领，细致地模拟起我们两个十五岁到二十岁之间的人生。我捏造出了一部正统“续作”，故事中天各一方的两人突破距离的限制，获得了更为牢固的爱情。

我讲述了这个故事。与此前一样，灯花似乎十分自然地接受了我所说的话。

之后的每一天，我都在不停地编织谎言。如同《一千零一夜》的山鲁佐德一样，我祈祷故事拖得越长，灯花就能活得越久。

这两周里，整个世界仿佛只剩下我和灯花两个人。作为人类最后的生还者，我们相互依偎着，坐在铺洒着叶间阳光的檐廊上，一边回忆着陈年往事，一边注视着世界走向终结。

而我马上就会变成最后一个生还者了。

*

曾有一次，我做了个梦。新型阿尔茨海默病的特效药完成了，灯花被选为被试者，不仅痊愈，还找回了所有记忆。我去迎接她出院，两人在澄澈的蓝天下拥抱彼此，分享喜悦。然后，我在我们拉钩约定说“今后一起创造真正的回忆吧”的时候醒了过来。

真是个省事的完美结局啊。突兀，不由分说，前定和谐式的结局。出现在义忆中大概还能行，但出现在那之外的媒介中，肯定会遭人诟病吧。奇迹这种现象，只被允许出现在远离主线的地方。

就这样也无所谓了。省事也好，突兀也好，不由分说也好，前定和谐式也好——故事编织得再粗糙都无所谓，我只祈祷这个梦能够变成现实。

毕竟，一切甚至都还没开始，我们的关系才刚刚起步。当灵魂极致相通的两人之间萌生出真正的恋情时，那漫长而孤独的岁月才终会获得回报。

可现实中，一切在开始前就走向了结束。她真正理解我的时候，银幕上已经开始播放片尾的演职员表了;而我在真正理解她的时候，观众已经开始从座位上站起来了。我们的恋情就和十月的蝉一样，面临走投无路便轻易地咽了气。所有的一切，都太晚了。

再多给一个月的话，不知会怎样呢？我们会多收获一整个月的幸福与一整个月的不幸吧——思考一晚后我得出了这样的结论。窥见的可能性越多，我们也就越难分难舍吧。

于开始瞬间便结束的恋情与结束于开始前夕的恋情，哪种更悲惨一点呢？这种问题多半没什么意义。每部悲剧都有不同的可悲之处，无法排出先后顺序。

*

只要人有意，故事就可以永远编织下去。而每个故事之所以都会迎来结局，是因为故事自身有着这样的诉求，而并非作者执行了这么个动作。一旦听到那个声音，不管作者还有多少内容没讲完，都只能适当做出让步，从故事里抽身离去，就像听到了《萤之光》的顾客一样。

在十月的某个午后，时针来到三点的瞬间，我听到了那声诉求。我明白，自己讲的故事就此结束了。

故事中姑且还残存着足以加入插曲的留白。留白的量不是问题，问题在于，已经没有什么东西需要添加到我的故事里了。

它已经作为一个故事完结了。

自此的加笔都会是画蛇添足。作为叙事者，我出自本能地理解了这一点。

坐在一旁静听的灯花似乎也凭着原义忆技师的直觉理解到这一点，已经不再问“后面呢”了。闭上眼睛沉浸在余韵中好几分钟后，她终于从床上爬下来，站在窗边伸了个懒腰，轻叹一口气并转过身来。

我知道她有话要说，但我觉得我不能让她说出口。真说出来，我们就无法回头了。

我搜肠刮肚，拼命阻止最后那片叶子落下，只是实在找不到一个能用的文字。

然后，她开口了。

“我说，千寻。”

我没有应答。这已是我拼尽全力的抵抗。

她不在乎，继续道：“今天你来之前，我一边回顾笔记本上的内容，一边不断在想你为什么要为我做到这种地步，为什么你会知道我义忆的内容，为什么你一直要装作我的发小……”

短暂的沉默后，她虚无地微微一笑。

“千寻。”

她再次呼唤了我的名字。

“谢谢你，一直配合着我那无聊的谎言。”

是的。所谓谎言，就是终有一天会败露的东西。

她再次走到我身边坐下，从下方抬眼，窥视低着头的我。

“先开始撒谎的，是我吧？”

我沉默了许久，却意识到这也是白费力气，便索性承认了。灯花只说了句“是吗”便眯起了眼睛。

彼此间都无须再解释更多了。她借助那天马行空的想象力，从蓝色笔记本上记录的信息碎片中看透了事情的全貌。仅此而已。

她没有流露出失望的神色，但也没有因一切纯属虚构而面露喜色。看起来，她只是陶醉于我们之间一度上演的错综复杂的故事罢了。

窗外的蓝天中划过一道细长而笔直的飞机云，不久后又消失了。曾坐镇八月天空的巨大积雨云现在已无影无踪，留下的只有一朵朵像车体划痕般脆弱的云片。

遥远的地方传来了铁路道口的警报声。电车的鸣笛声响起，轮轨声渐行渐远，几秒后警报声忽地停止了。

灯花喃喃地说：

“如果全部是真的，那该多好啊。”

我摇摇头。

“不是这样的。正因为这个故事是假的，所以才比真的更温暖啊。”

“……也是呢。”

她点点头，像包裹着什么一般合拢双手，将手指贴在胸前。

“正因为是假的，所以才温暖吧。”

*

灯花说她最后有个请求。那是她最后的谎言。

她从床头柜的抽屉里取出一个装着白色粉末的纸袋并递给我。

“这是什么？”我问。

“是你屋子里的‘忘川’哦。这是最早应该送到你手里的那份，用于抹除你少年时代的记忆。”

我望着手心里的纸袋，然后察觉了她的意图。

在这个时间点把“忘川”还给我，应该就是那个意思吧？

“我希望你现在把它喝下去。”

她说的和我预想的只字不差。

“我想把千寻你的少年时代据为己有。”

假若这是她所期望的，那我就没有拒绝的理由。我默默地点点头，去病房外的自动售货机买了瓶矿泉水回来，往灯花准备好的玻璃杯里倒进水，撕开纸袋，将粉末溶进水里。

然后，一饮而尽。

既没有苦味，也没有异物感，真的就跟普通的清水一样。

然而，不久后“忘川”便开始显现它的效力了。我无意间把手插进口袋，本该在里面的某个东西没了，可我想不起来那究竟是什么。如此不可名状而紧迫的焦虑接二连三向我袭来，可那些魔爪在快碰到我的时候却全化成了灰，然后随风散去。忘却的恐怖，就是这么回事。

“开始了？”灯花问。

“嗯。”我用手指按着眉间说，“好像是开始了。”

“太好了。”

“刚才我说谎了哦。”她松了一口气，然后道出了实情。

“……说谎？”

我慢慢抬起头，看着眼前笑得很寂寞的灯花。

“刚才你喝下的‘忘川’，消除的是与我有关的记忆哦。”

说着，她从床头柜的抽屉里拿出另一份“忘川”给我看。

“这才是真的。”

嘎啦，我的视野在颤抖。“忘川”似乎终于开始动真格了。我陷入一种错觉，感到自己的肉体好像从边缘开始逐渐解体。我不由得张开双手，看看自己的十根手指是否还齐全。

“对不起啊，我总在撒谎。不过，这是真真正正最后的谎言了。”她像唱歌似的说，“失忆前的我好像一直在为给你添了麻烦而烦恼。因为我太希望尽量待在你身边了，所以便把清算一切的重任交给了失忆后的自己。”

灯花下床并站起身，撕开另一包“忘川”，将里面的粉末往窗外撒去。纳米机器人乘着风，烟消云散。

她轻盈地转了个身，开朗地笑着说：

“把我们的相遇也全部归于谎言，结束一切吧。”

我看了一眼枕边的时钟，喝下“忘川”已经过了六分钟。假设三十分钟后记忆会消失，那就还有二十四分钟。不论怎么挣扎，喝下“忘川”相当于无法悔棋了。哪怕我现在把胃里的东西都吐干净，纳米机器人也早已到达了我的脑部。

我放弃了抵抗，问她：“在我失忆前，能一直抱着你吗？”

“可以啊，”她看上去很开心，“但是你忘记一切后，或许会有点搞不清楚状况哦。”

“我想也是。”

“我会说这是自己拜托你的，因为想在死前感受一下别人的温存。”

“这是你的真心话吧？”

她笑了，发出了那种介于“欸嘿嘿”和“嗯哼哼”之间的笑声。

*

每过一分钟，灯花就要问我一句：

“你还记得我吗？”

而每次我都会回答说：

“我还记得你哦。”

“太好了。”说着她用脸蹭了蹭我的胸口。

*

“你还记得我吗？”

“我还记得你哦。”

“太好了。”

*

“你还记得我吗？”

“我还记得你哦。”

“不错不错。”

*

“你还记得我吗？”
“我还记得你哦。”
“可是，也差不多快忘掉了吧。”

*

一个小时过去了。
灯花轻轻地放开我的身体，呆滞地注视着我的面孔。
“……为什么，你还记得我呢？”
憋了半天后，我终于扑哧一笑。
“论撒谎，我们彼此彼此啦。”
她好像没弄懂我的意思。
我也道出了实情。
“刚才我喝下的，是消除我少年时代记忆的‘忘川’。”
“你明明应该没有机会去替换……”
她好像突然想到了什么，没有继续说下去。
是的，机会有的是。
不过，这得回到两个月前了。
“莫非，”她倒抽一口凉气，“你从一开始就换掉了？”
我点点头说：
“我想如果是你，肯定会撒这种谎，所以才放心地喝了下去。”

将灯花做的菜倒进废纸篓的那天，为了揭露她的真面目，我在屋里动了点手脚，将两种“忘川”做了调换。

我是这么想的。当时她偷走的只有备用钥匙，而没对“忘川”下手。假如她是骗子，发现这种东西后肯定会拿去干坏事。消除了我少年时代的记忆后，记忆领域中“夏凪灯花”的占有率就会相对增高。这样，我就只记得她了。

当然，若想防患于未然，只需把“忘川”藏到她看不见的地方就行，放在大学或打工店的储物柜里，再上个锁什么的。只是，我故意把“忘川”放在了容易找到的地方。一切都是为了引蛇出洞而设下的陷阱，我想撒下合适的诱饵，推动这场骗局的发展。

同时，为了好好摆她一道，我把两种“忘川”的包装对调了一下。这么一来，即使她偷偷把“忘川”掺进我的饮料里，消除的也只会是和“夏凪灯花”有关的记忆。

可是在那之后，跟我的预想相反，灯花也对“忘川”做了调换：她将两种“忘川”都换成了假冒的粉末。虽然被拿走的“忘川”在灯花手里，但我突然想到，她可能会在完全失忆的前夕用它抹除我脑中与她有关的记忆。

恐怕，她想都没想过这两种“忘川”已经被调换过了吧。

灯花向未来的自己传了话（为了能在殒命前夕传话给自己，她恐怕对这些话做了番调整）。然而看到过去的自己写的信，灯花会不会这么想——就算对天谷千寻说“请忘了我”，恐怕他也不可能乖乖听话吧。因此，她想到的办法是，用“我想把千寻你的少年时代据为己有”这句谎话，让我喝下那份被调包的“忘川”。

只是她没料到这个念头也已被我看穿了。在灯花说出“我想把千寻你的少年时代据为己有”这句话的那一刻，我就知道她在撒谎了。她的确自以为是又自私任性，但并不是那种会在自己临终前渴望从我这里夺走什么的人。这明显跟她的行动理念背道而驰。

毕竟，她是个希望成为“女英雄”的女孩啊。

我确信她在撒谎后，毫不犹豫地喝下了“忘川”。如果那是已经被调包的“忘川”，一切应该就会违背她的意图，我少年时代的记忆将被清除得一干二净。

而我赌赢了。现在，我的少年时代里只剩下灯花一个人了。

“……我真是，赢不了你呢。”灯花软绵绵地瘫倒在床上，一脸愕然地说。

“千寻肯定能成为比我更了不起的大骗子呢。”

“也许吧。”

我们相视而笑，十分亲密，就像真的发小那样。

“既然刚才那句是最后的谎言了，那么接下来的提问，希望你能说真话哦。”

她慢慢地坐起身说：“什么？”

“我没能忘记你，这让你失望了吗？”

“完全没有，”她立刻答道，“能继续和你说话，我开心得不得了呢。”

“真高兴能到听你这么讲。”

“我说，千寻。”

“什么？”

“要接个吻试试吗？”

“……被你抢先说了呢。”

“欸嘿嘿。”

我们轻轻地靠向彼此的面孔，不为确认什么，只是为接吻而接了吻。

*

第二天，灯花的病情急转直下。这是医生使用的措辞。只是我一点都没能从“急转直下”这个词语里感受到它给人带来的紧张。如同萤火虫的光芒悄无声息地隐没于暗夜那般，她的临终也是那么的平静而安详。

十月一个天气分外晴朗的舒畅早晨，灯花短暂的一生落下了帷幕。

这个短暂的夏天，永远地闭幕了。

12

我的故事

僕の話

八月某个周六的午后，我和本以为再也不会相见的江森在原宿后街偶遇了。当时我工作告一段落，正随处乱逛，他则是趁着出差顺道来观光。一开始我以为认错了人，与他擦身而过，可走了几步后我们同时转身，并叫了对方的名字。上次见面还是二十岁的夏季，这次再会竟隔了十年。

知道我在附近的诊所工作，他问起有没有什么推荐的店铺。我说没什么好推荐的。于是江森便去眼前的店铺买了一箱啤酒，查了查最近的公园，往那里走去。

我们坐在喷水池旁的长椅上喝起了啤酒。公园里充溢着绿化的气味和沥青被暴晒后的焦味。据早上的广播节目，今天是这个夏季中最炎热的一天，确实是热得太不像话了。来公园的人多数都逃去树荫下乘凉了。我只穿着一件T恤还算好，一身西装的江森不但把衬衫袖子卷到手肘，还不停地用手帕擦拭额头的汗珠。

工作怎么样？结婚了没？有几个孩子？这类话题我们一概不沾，就像每周都会碰头的朋友那样天南海北地闲扯。

“对了，”笑着聊了一阵后，江森击了下掌，“半年前，我心一横买下了义忆。”

“哦，”我装作兴味索然地附和道，“是‘Green Green’吗？”

“不，不是，”他伸出食指左右挥动了两下，“是一款叫‘女英雄’的义忆，最近新开发出来的。”

“‘女英雄’。”我重复了一遍。

“嗯。‘Green Green’和‘男孩遇见女孩’的确很有吸引力，但最终我还是选了‘女英雄’，毕竟那可是最适合我的义忆呢。它跟一般的义忆不同，并非单纯的虚假记忆。它是一种在虚假记忆中嵌套虚假记忆的构造……”

我一言不发地听他说着，并没有告诉他“女英雄”的开发者就是我。

灯花的死等同于世界终结，但它并未对现实世界带来一丝丝变化。事实就是如此。根据本人遗言，她死后没有举办任何守夜或葬礼等仪式，遗骨没人来领取，更无法落葬。几天后我去拜访了灯花的父母，但两人都不记得有过她这么个女儿了。大概他们和我母亲做了相同的选择吧。于是，她活过的痕迹就被这么彻底抹消了，仿佛世上从来没存在过松梛灯花这么个人一样。

我的生活也回归与她相遇前那段岁月般平淡。偶尔，我脑中甚至会冒出疑惑，猜想那个夏天发生的事情会不会全是一场梦。灯花只在极少数熟人和我的记忆中勉勉强强留下了痕迹。她仅仅存在于记忆中，如此想来，松梛灯花这个人就几乎跟义者没什么两样了。决定性的不同之处顶多是她在户籍上有个名字而已。

自从意识到这一点，我便再也无法将虚构的事物一概归结于编造，将其拒之门外了。仔细想想看，现实中已经发生的事和可能发生的事之间，似乎没什么太大区别——不，或许可以说完全没有区别。两者的差异就和同一产品有没有带品牌标识或质量担保单一样，两者本质上是等价的。

重新认识了虚构的我，在灯花过世一年后从大学退学，当上了义忆技师。这没有花费我任何特殊的精力。在病房陪伴灯花的那一个月，我学到了义忆技师所需的整套技能。尝试参加公开募集后，我一次就通过了考核。

尽管比不上生前的灯花，但我也算是小有名气，一直活跃在第一线。我对委托来者不拒，但最擅长的还是制作“Green Green”和灯花创造的“男孩遇见女孩”，以及我自己提出的“女英雄”。

同事们纷纷对此大惑不解，毕竟这十年间我一场像样的恋爱都没谈过。他们曾问我，为什么能将从未经历过的幸福描绘得如此缤纷。尽管我回答说“正是因为没经历过”，但这个答案多半是不正确的。然而，我也没有义务一一解释清楚，因此就没有多说。

就在前几天，我接受了某间杂志社的采访，接着发现记者的名字似曾相识，一查，果然和当年采访十七岁灯花的是同一个人。真是无巧不成书。

“最后我想请教一个问题，”记者道，“对天谷先生来说，您会用怎样一句话来描述义忆技师的工作呢？”

思考片刻后，我回答说：“编造全世界最温暖谎言的工作。”

这是灯花教会我的。

今年我三十岁了，没有结婚，没有固定的伴侣，除去江森，也没有一个像样的朋友。初中时代唯一对我有好感的桐本希美，自那以后也再未见面。我把家安在距离市中心一小时电车车程的宁静小镇，静悄悄地生活着。每天早起泡杯咖啡，在晨光中开始工作，保持室内整洁，适度运动，不抽烟不喝酒，阅读，偶尔看场电影，傍晚去超市买食材，精心烹饪，在乐音中度过夜晚。简直是太过健全的健康生活。和那个夏季的不同之处仅仅在于，身边没有灯花。

至今，我仍未能从她的死走出来，或者说，我不想走出来。至少往后十年，我都不会拥有友人和恋人吧。

这倒不是为了对已故的灯花负责，她应该也不希望我这样。见到现在的我，她肯定会吃惊地说一句“真傻啊”，然后笑着说“快点忘掉死去的人，尽早找到你的幸福该多好”，语气中似乎带着歉意，好像又带着哀愁，还有一丝丝欣喜。

因此，我不会爱上灯花以外的人了。我希望回忆中的她能永远笑着对我说“真傻啊”，所以决定一直傻下去。

我会悄悄在自己创作的义忆中添加某种机关，类似小小的电脑病毒。只有在与我波长相同的人体内，这种病毒才会引发症状。一旦发病，感染者就会陷入某种幻想，认为世上某处存在着自己的“女英雄”（或者“英雄”）。他会时常抱着这么一种感觉，认为自己至今的人生中得到的都是假货，除非获得那件被藏在某个角落的真货，否则自己就永远不会幸福。

我之所以让你遭遇这些，既不是为了增加自己的同类，也不是为了让你体味相同的苦楚。我从心底相信一条真理，即世上某个角落存在着你命中注定的对象。而且，我希望有尽可能多的人去相信这条真理。

命中注定的对象是存在的。对你来说，那既可能是应该成为恋人的对象，也可能是应该成为好友的对象；既可能是应该成为搭档的对象，也可能是应该成为劲敌的对象。总而言之，世上的每个人都会被分配到一个“应该邂逅的对象”，但大多数人并未遇到对方，只是甘心忍受着不完整的人际关系，就此终其一生。

那个对象，说不定是常去的便利店里那个笑容可掬的店员，说不定是总在通勤电车里见到的那个满脸疲惫的上班族，说不定是平时途经的游戏厅里那个成天翘课、愤世嫉俗的学生，说不定是车站前那个提着大包小包胆怯问路的旅人，说不定是清晨的商业区街头那个吐得翻江倒海的可怜醉汉，说不定是夜行巴士上隔壁座位那个鼾声雷动的男乘客，说不定是碰巧在路上擦身而过的那个阴郁女孩。

不论如何，在跟那个对象邂逅时，你都会产生某种无法言喻的感觉，像闻到了记忆中的气味那般，像偶然途经儿时到过的陌生小镇那般，乡愁扑面而来。然而你还是不敢相信这种直觉，因为在有常识的人眼中，命中注定的对象只存在于电视剧或言情小说之中。

你和命中注定的对象就这样擦身而过，此生不再相遇。过了几年、几十年，你突然回想起那天的一幕，却发现自己不但没有淡忘这份回忆，而且原本如此普通的一瞬却更是比任何回忆都要绚烂。不，怎么可能呢，你还是对此一笑置之，并对自己说“这种电影似的东西怎么可能存在呢”，然后继续把那份绚烂封印在记忆的最深处。

然而，假如你是相信“女英雄”的人，事情或许就是另一番走向了。你与那个人擦身而过之后，或许就会顺着直觉的指引转过头去。此刻，假如对方同为相信“英雄”的人，或许也会转头望向你。你们对视了几秒，或许会从彼此的眸子深处发现某种十分重要的东西。接下来你们各自转身，各走各路的可能性当然会很高，可你们或许也会异口同声地跟对方打声招呼。这么一来，或许你们就会第一次发现自己生而为人的意义。

为了尽量增加这样的奇迹，我决定在人们心中适当地留白。大部分情况下，这段空白只会给生存造成阻碍吧，无论生活再充实，这种欠缺感都会不间断地在你的人生中投下小小的阴影。没错，这也算是一种诅咒。

你可能会因此怨恨我，而我也甘愿接受这种怨恨。毕竟到头来，这种尝试不过是一种自我满足罢了。

*

这年夏末，我接到母校的演讲邀请，时隔十年重回故里。演讲完，跟相关人员吃了个便餐，寒暄道别后，我在街上漫无目的地逛了一逛。没发现什么让人感兴趣的变化，散一小时步也已足够了。

我坐在长椅上，喝着罐装咖啡眺望夕阳，想着差不多该回家，正打算站起身时，穿着浴衣的小女孩们有说有笑地从我面前走了过去。我就这么站在原地，呆呆地盯着她们的背影。

有谁在呼唤我。

我往女孩们走去的方向迈开步伐。庙会的场地就在附近。正好肚子有点饿，我便去小吃摊买了啤酒和烤鸡串，坐在石阶上一个人吃了起来。好长时间没喝酒，转眼间我就醉倒了。

我做了个短短的梦，模糊到几乎想不起来。然而我觉得那是一个幸福的梦，因为它让我感到非常悲伤。

从假寐中醒来时，黑暗笼罩着四周。带来阵阵凉意的夜虫合唱声里，已能察觉秋季昆虫的出席。

扔掉垃圾准备走出会场的时候，不知从哪里传来了爆炸声。我条件反射般抬起头，只见遥远的夜空中升起了烟花，估计是邻镇在开烟花大会吧。而当我把视线往下挪的时候，和那天散发着同样气味的风扑面而来。

我无意识地放慢了步子，扭头往后看。

人潮中，我一瞬间就发现了那个身影。

她也正在扭头回望。

没错，那是个女孩。

垂到肩胛骨的黑长直发。

印着烟花图案的藏青色浴衣。

惹人注目的雪白肌肤。

红菊发饰。

我微微地笑了笑。

然后转过脸，重新前行。

“再见。”

我好似听见背后传来了这样的声音。

*

尽管才短短三个月，但是，我有过一个发小。

原作名：《君の話》，作者：三秋 縋，绘：紺野真弓
KIMI NO HANASHI

著作版权合同登记号：01-2020-2711

图书在版编目（CIP）数据

义忆 / (日) 三秋缒著；林枫译. -- 北京：新星出版社, 2020.11（2025.9重印）

ISBN 978-7-5133-4200-1

Ⅰ. ①义… Ⅱ. ①三… ②林… Ⅲ. ①长篇小说－日本－现代 Ⅳ. ①I313.45

中国版本图书馆CIP数据核字（2020）第200730号

本书为引进版图书，为最大限度保留原作特色，尊重作者写作习惯，酌情保留了部分外来词汇。特此说明。

义忆

［日］三秋 缒 著；林枫 译

责任编辑：汪 欣
特约编辑：刘嘉欣
责任印制：李珊珊
装帧设计：杨 玮

出版发行：新星出版社
出 版 人：马汝军
社　　址：北京市西城区车公庄大街丙 3 号楼　100044
网　　址：www.newstarpress.com
电　　话：010-88310888
传　　真：010-65270449
法律顾问：北京市岳成律师事务所

读者服务：010-88310811　service@newstarpress.com
邮购地址：北京市西城区车公庄大街丙 3 号楼　100044

印　　刷：中华商务联合印刷（广东）有限公司
开　　本：890mm × 1240mm　1/32
印　　张：8
字　　数：200千字
版　　次：2020年 11 月第一版　2025年 9 月第六次印刷
书　　号：ISBN 978-7-5133-4200-1
定　　价：46.00元